原来笑也可以这么彻底啊

梁刚◎编著

当代世界出版社

图书在版编目（CIP）数据

原来笑也可以这么彻底啊 / 梁刚编著. -- 北京：当代世界出版社，2013.10

ISBN 978-7-5090-0749-5

Ⅰ.①原… Ⅱ.①梁… Ⅲ.①笑话—作品集—世界 Ⅳ.①I17

中国版本图书馆CIP数据核字（2013）第195795号

书　　名：	原来笑也可以这么彻底啊
出版发行：	当代世界出版社
地　　址：	北京市复兴路4号（100860）
网　　址：	http://www.worldpress.org.cn
编务电话：	（010）83907332
发行电话：	（010）83908409
	（010）83908455
	（010）83908377
	（010）83908423（邮购）
	（010）83908410（传真）
经　　销：	新华书店
印　　刷：	三河市祥达印装厂
开　　本：	730mm×960mm　1/16
印　　张：	14.75
字　　数：	150千字
版　　次：	2013年10月第1版
印　　次：	2013年10月第1次
书　　号：	ISBN 978-7-5090-0749-5
定　　价：	20.00元

如发现印装质量问题，请与承印厂联系调换。
版权所有，翻印必究；未经许可，不得转载！

目录 Contents

泥瓦工面试程序员工作，绝对神人 \ 001

笑翻天的同学同事小幽默 \ 003

史上最强的面试答卷 \ 007

面试趣闻 \ 010

不信笑不死你 \ 013

诺基亚用户与客服间的超级无敌经典爆笑对话 \ 020

一句话把人逗乐 \ 023

精心收集的2013最新爆笑笑话 \ 030

儿童笑话精选大全 \ 036

超级糗人笑话大全 \ 043

精辟的爆笑签名、脑筋急转弯 \ 046

反映生活的俏皮雷语 \ 050

上Google上百度一下 \ 053

动物界句句发冷的雷人语录 \ 057

乐死人的爆笑生活糗事 \ 059

校园冷笑话幽默大集合 \ 061

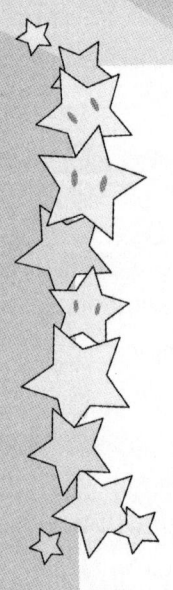

冷人爆笑的糗人糗事大全集 \ 064

够味够冷够给力的爆笑笑话 \ 067

东拼西凑笑死你 \ 072

31个经典句子,你听过几句? \ 074

怕老婆的灰太狼语录 \ 078

经典幽默歇后语 \ 082

50句心痛的话语,听了别太难过 \ 091

童言无忌之爆笑篇,好可爱 \ 098

各种体育项目的逗人雷语 \ 104

体育运动也搞笑! \ 106

情书笑话,关于情书的爱情笑话集 \ 111

医生与病人的经典笑话 \ 114

爆笑公交车地铁笑话 \ 119

超幽默的小孩老公老婆笑话 \ 122

夫妻间8句绝妙情爱语言笑话 \ 125

小学生造句及作文中的搞笑句子 \ 127

世上最天真无邪的幽默 \ 131

超冷气死老师的校园笑话 \ 138

搞笑雷人的俏皮俗语 \ 141

几件生活里爆强的小笑话 \ 146

女生看一半，男生全看完 \ 151

开心一笑的生活趣事！ \ 154

阻止不了他们了，爆笑哦 \ 157

搞笑欠扁的短信息 \ 162

毕业生招聘会雷人语录 \ 167

大学食堂留言簿上的经典留言 \ 170

最忧伤的经典句子 \ 175

母亲是一种神奇的生物 \ 178

恶搞挤兑人的冷笑话 \ 181

笑趴你的二货男女 \ 183

巨二的同事、霸气的老板 \ 188

雷得人瞠目结舌的小孩子 \ 190

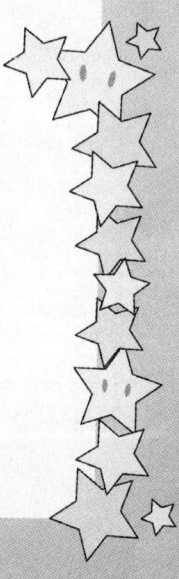

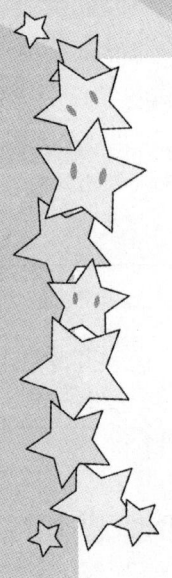

家长也是很搞笑的 \ 194

这些可爱滴二货同学 \ 196

晒个性，爆雷语，幽默又调皮 \ 200

很会调皮捣蛋，就是不好好学习 \ 202

霸气的老婆，让男人欲哭无泪！\ 204

遇到这些人，能淡定了才怪 \ 206

开心段落，涮涮自己，损损别人 \ 209

生活爆笑，比比看谁最霸气 \ 212

东拉西扯才有冷效果 \ 215

搞乐一下，幽默一把 \ 219

我们小时候最傻最搞笑的一些想法 \ 224

尴尬糗事，想起来就脸红 \ 227

YUANLAIXIAOYEKEYI
ZHEMECHEDIA

泥瓦工面试程序员工作，绝对神人

人事："你是程序员？"

泥瓦工："嗯，是的。"

人事："做软件几年了？"

泥瓦工："有三四年了吧。"

人事："那你说说面向对象编程。"

泥瓦工："通俗地讲就是一对对象面对面写程序。"

人事："这就是面向对象编程？"

泥瓦工："是的。"

人事："哦，我学了那么长时间没搞懂，你这一说我还真懂了。"

泥瓦工："学啥都要动脑子。"

人事："那什么是接口？"

泥瓦工："接口，你这样想，口是什么？"

人事:"口是嘴的意思。"

泥瓦工:"对,那一个人的嘴贴在你脸上叫什么?"

人事:"吻。"

泥瓦工:"那接口的意思叫什么?"

人事:"接吻。"

泥瓦工:"哎呀,你太聪明了。"

人事:"明白了,程序真深奥啊,那什么叫整型?"

泥瓦工:"人长得丑咋办?"

人事:"花钱整形。"

泥瓦工:"你看你自己都说出来了。"

人事:"那程序要整形吗?"

泥瓦工:"刚做出来的东西也是很丑的,也要整形,所以你见到的网站是不是都很漂亮?"

人事:"还真是,那什么是抽象类?"

泥瓦工:"人长得丑咱们是不是会说他长得很抽象?"

人事:"是啊!"

泥瓦工:"那你知道什么是抽象类了?"

人事:"长相丑的类叫抽象类?"

泥瓦工:"就是这么个意思。"

人事:"哎呀,奇才啊,恭喜你,由于你出色的技术内涵,你被录用了。"

泥瓦工:"我这辈子就靠脑子转得快活着呢。"

笑翻天的同学同事小幽默

同学聚会，大家都在说如何藏私房钱，大家都说得天昏地暗，但是都被其他同学给否决了，旁边的大爷受不了了，冲过来说："我教你们一个办法。"其他人都急忙问什么办法，大爷说："办银行卡啊，存掉。"同学问："那卡被老婆搜到怎么办？"大爷："卡烧掉。"同学："啊，烧掉？"大爷："用的时候再到银行补。"

借了一个同事500块钱，才过两天，这个同事就天天跟我要。哥生气了，用我老婆手机给同事发了一个短信（同事没我老婆号码）。

短信："兄弟，别怪我了，有人让我晚上把你干掉，你是不是得罪谁了，晚上吃点好的，我等会儿会给你汇500块钱过去，好好吃一顿吧，对不住了。"然后给同事汇了500块钱，第二天发现这哥们儿

满眼的红眼圈,目光呆滞,好像真被吓到了。

和同事一起到商场买手机,同事有一个手机,只是他不想用了。营业员看着同事在那里笑,同事感觉很奇怪,就问营业员笑什么,营业员说:"刚才,有一个小偷偷了你口袋里的手机,拿出来看看后,叹了一声,摇摇头,又给你塞回去了。"

同事上厕所,赶紧把他老婆的手机号码改成我的,但是存储的名称没动。

然后同事回来了,我就发了条短信给他:"快点给我打三千块钱过来,用网银转账,有急用,转到这个卡号上面XXXXXXXXX。"

同事那个急啊,问前台有网银没,问别的同事有网银没,问我有网银没,最后,终于借到了,赶紧转到了我的那个卡上面,然后等他上厕所,我又把他老婆的号码给改了回来,轻轻松松赚了三千块钱。

终于发工资了,同事的工资好像少了5块钱。他问我工资少了没,我说没少,他又去问别人,都说没少,他就找到了人事,说他钱少了,少了5块钱,问怎么回事。人事说这点钱算了,同事不同意,非要把这5块钱给他补回来,人事急了:"本来不想说的,上个月我犯了个小错,多给你打了10块钱,你连一句话都没有,这个月少了5块钱,看把你急的,你占了人家便宜还嚷嚷。"爆点来了,这时正好他老婆来公司找他,只听到了最后一句话。

同事A："哥们儿，咋啦，好像没睡醒啊！"
同事B："别提了，我老婆是个列车员。"
同事A："列车员啊，那不挺好吗？"
同事B："好啥呀，昨晚好不容易回家一次，一晚上我就给她摇床了，床一停下来，她就睡不着觉。"

一个工人在国企工作了40年，然后他在百度贴吧里面发了一个帖子："牛，谁敢跟我比，我20年工资涨了200倍。"吧友们看到200倍都感叹不已，纷纷称赞，后来楼主来一句："不要羡慕哥，哥只是个传说。"后来才知道他20年前的工资是5块钱。

我的一个朋友在公园散步，突然，有个人出现在他面前，说道："先生，可怜可怜我吧，给我点钱吧，我失业了。现在没有工作、没有钱，家里还有老人、老婆、孩子，身上一无所有，除了……除了……这把枪。"

同事问："你朋友跟你说什么话通常会让你很感动？"
我想了想说："还是我来付钱吧。"

同事A："年会要求每个部门都得出节目，咱们谁出马啊？"
同事B："我来，我就唱一首《春天里》，怎么样？"

女同事C："就你天天哼的那是《春天在哪里》，知道什么是《春天里》吗你！"

我："你迟早会变成你最不喜欢的那种人。"
同事："嗯，我最不喜欢有钱人了。"

男同事："这么多年，我越来越发现你在我们公司真的是才貌双绝。"
女同事高兴，撒娇："拜托，解释一下才貌双绝是什么意思，人家真的很爱听！"
男同事："从字面理解，就是才能和相貌两个都没有。"

YUANLAIXIAOYEKEYI
ZHEMECHEDIA

史上最强的面试答卷

你是怎么知道我们招聘这个职位的呢?

答:一个合格的员工除了要有骡子般强壮的身体,还必须有猎狗一样的嗅觉。

你为什么来应聘这份工作?

答:以前俺是一只迷途的骡子,现在可算找到组织了。

你认为自己最大的优点是什么?

答：像骡子一样吃苦，像工蜂一样勤劳，像猎狗一样忠诚。

你认为你自己最大的弱点是什么？

答：除了干活就不会别的了。

你对薪金有什么期望呢？

答：俺属奶牛型——吃的是草，挤出来的是奶。

除了工资，还有什么福利最吸引你？

答：加班——谁跟俺提钱俺跟谁急！

你对加班有什么看法？

答：加班可以延年益寿，加班有利于健康，俺不加班就上吐下泻、头昏脑涨外加抽筋，加班可以减肥（美容），加班可以缓解交通压力。

你对我们公司有什么认识？

答：基本上尽善尽美，只是管理上有个小小的纰漏："俺曾经冒充贵公司推销员，挣了十几万元，居然没有人发现。"

你如何看待要向比你年轻的上司汇报工作呢?

答:那是俺的福分——他们人小,可长在辈分上。

总体而言,你认为一个合格的员工应该具备哪些素质?

答:骡子般的体魄和耐性,狗一样的嗅觉和忠诚,狼一样的进取心,还有蜗牛般的食欲。

YUANLAIXIAOYEKEYI
ZHEMECHEDIA

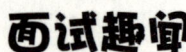

面试人员给两位前来应征的男士一张履历表……

主考官看完第一位填好的简历半天没说话，董事长差点就晕了。

他是这样填写的：

姓名：英文的还是中文的？

年龄：这是私人问题。

身高：这跟工作有关系吗？

体重：随时改变，饭前饭后都不同。

居住地：那是一个特别的地方，我生命的舞台。

电话：山寨手机。

电子邮件：只留给漂亮和富有的女孩。

上班时间：越短越好。

应征职位：找一个不做什么实事，但能被美女包围的职位。

学历：毕业于一个你找不着的大学。

语言能力：侃大山是专长。

兴趣：睡得天昏地暗。

生日：正月初七。

经历：游戏人生。

曾任职位：高级的或者低级的都是一种经历。

婚姻状况：我正在寻找漂亮又富有的女孩，希望在你们公司能找到。

未来期望：只负责主席台讲话，并且希望尽早退休。

希望待遇：比实际工作量拿得多就行。

接着，他们再看第二位应征者时，主考官眼冒金星，董事长更是当场晕倒。

姓名：父母取的。

年龄：不小了。

身高：很高。

体重：中等。

居住地：家里。

电话：在身上。

电子邮件：朋友帮我申请的。

上班时间：八小时。

应征职位：一位。

学历：如果毕业的话有高中学历。

语言能力：有。

兴趣：很多。

生日：还没到吧！

经历：刚来的时候摔了一个跟头！

曾任职位：小学时当过少先队小队长喔！
婚姻状况：父母已结婚。
未来期望：再找好工作。
希望待遇：希望大家都很疼我。

YUANLAIXIAOYEKEYI ZHEMECHEDIA

不信笑不死你

 昨天接到一个骗子短信,让我速把钱汇入一个农行账号。

我半小时后顺手回了一条:已存5000元,请查收。

结果今天收到回复:"都跑银行三趟了,还没收到你的钱,你这个骗子!"

一个妇女拿假钞去买早点,小贩恼了:"大姐,你给假钞也就算了,那起码是张印的,你这张钞票居然是画的!退一万步说,画的也就算了,你给画一张十块的、五块的都行,你还给画张七块的!七块就七块吧,最起码也得画彩色的啊,居然用铅笔,算了,黑白就黑白的好了,可不能用手纸画啊!手感太差了,就算是手纸你也得用剪子把边剪齐了啊,这个用手撕的,毛边太夸张了,行,毛边我也忍了,可你也撕个长方形啊,这个三角形就太说不过去了……"

一位国王选婿,拉一头牛至河边说:"谁能让这牛先点头后摇头再跳到河里,我就把公主嫁给他。"

一个屠夫上前对牛说:"挺牛的啊?"牛点头。

屠夫又说:"认识我不?"牛摇头。

屠夫一刀扎在牛屁股上,牛负痛跳入河中。

国王嫌屠夫手段粗暴,屠夫要求再试一次,国王答应了。此牛又被拉到河边。

屠夫上前对此牛说:"认识我不?"牛点头。

屠夫又说:"还牛不了?"牛摇头。

屠夫笑着说:"知道咋办了不?"牛转身跳入河中。

小李上班的时候接到老婆的电话。

小李老婆:"老公,下班干吗?"

小李:"下班我带你逛街。"

小李老婆:"真的假的,你别骗我哦。"

小李:"没骗你,我带你买衣服,买吃的,然后看电影。"

小李老婆:"老公,爱死你了,下班等你哦。"

小李:"嗯,好,拜拜。"

小李老婆:"拜拜。"

旁边的同事问:"你不是说下班跟我们喝酒的吗,怎么要陪你老婆?"

小李:"陪啥陪呀,咱喝酒去。"

同事:"那你老婆不生气?"

小李:"这不愚人节吗,我让她也开心开心。"

上海这边早上公交车不是太挤，我上车后站在一个女孩旁边，那女孩有座，女孩拿出手机跟人家发短信，我站得高，不经意地就看到了。

女孩写道："车上人超多哦，以后再也不坐了。"此时我突然想到了我昨天看的笑话，感觉非常好笑，就忍不住笑了起来，又不好意思，就一会儿把脸转过去，一会儿又转过来笑，转回来时发现女孩又发了一条短信："还有一个傻帽儿站我旁边。"

爸爸："快看，谁家的两头猪跑咱家了。"
儿子："一个大一个小。"
爸爸："不知道谁家的。"
儿子："大猪我不知道，小猪我知道。"
爸爸："小猪谁家的？"
儿子："大猪家的。"

突然接到一个陌生电话。
我："喂，你好。"
对方："喂，小军啊。"
我："你哪位？"
对方："你猜，猜对了有奖品。"
我："刚子？"
对方："不对。"
我："不猜了，你到底谁？"

对方:"算了,把礼物给你吧。"

居然这样也能有礼物,然后我就等着他给我送礼物。

他说已经到门口了,我一看,送快递的。

凡人经过几千年的修炼终于见到了上帝。

上帝:"你有什么梦想说出来吧。"

凡人:"我一直有一个梦想就是能有一对翅膀。"

上帝:"翅膀?你回家看看吧,你家里面已经有了。"

凡人回家后发现,桌子上放了一对肯德基麦香鸡翅。

隔壁宿舍音响特棒。

有一次我问他们:"里面音响不错,什么牌子?"

"岂止是音响不错,还双卡双待呢。"

一日,数学老师讲课正High,突然一挥手说:"那个谁,去那个哪儿,把我那个啥给拿过来。"台下都愣了!

只见数学课代表立刻弹起,飞出教室搬来了一摞数学卷子。

从此大家都说他是数学老师肚子里的蛔虫!

一天,老师在数学课上讲直线:"直线是无限延长的。"

说着,在黑板上开始画直线,一直画到黑板最右边也没停下来,在我们惊诧的目光中画出教室。

我们讨论了一阵，班长跑出去找老师，发现我们敬爱的老师正在办公室喝水……

昨天老妈打电话来，第一句话就问世界末日是不是真的。

我说："是真的又怎样啊？"

她说："那你们快点回来，先把猪杀了吃了再说。"

刚才给妈妈打电话，我说："妈啊，要是世界末日真来了我就不复习英语了，考试前一天末日。"

结果我妈来一句："那可不行，你到另一个世界了也得做一个有知识的人！"

在网上看到一个段子，妈妈让女儿去相亲。女儿说："世界上最爱我的人已经娶了你。"妈妈瞬间无语。

某天和老妈聊到男朋友这事，想到这话就和我妈说了。

老妈回复："我让给你，你敢嫁吗？"

姜还是老的辣啊！

"你找我干吗？"女惊喜。

"咱们去人少点的地方，这里我不好意思说。"男害羞。

"说，不说我可走了哦。"女欣喜。

"好，给我一分钟，我酝酿一下。"男作扭捏态。

"嗯。"女娇羞低头,满脸期待。
"好了。"男下定决心。
"嗯。"女面色通红,心跳加速。
"借我点儿钱。"男含情脉脉。
"滚!"女面色铁青,挥泪而去。

她一直想和我体会雨中漫步的感觉。终于等到了一场久违的大雨,那天的约会我们很有默契地都没有带伞,不过那天我们相处得并不愉快,而且她还淋感冒了,我却没有,因为我穿了雨衣。

公园里,一对男女在相亲。
男问女:"你今年多大岁数?"
女:"二十多。"
男:"能不能说得具体一些?"
女:"三十岁左右。"

职工:"你有没有搞错?60个工人,而班车的座位只有40个。"
经理:"只有这样,你们才肯提前上班。"

两个音乐家在聊天。
一个说:"我的第一次演出非常成功。我收到的花足以让我的妻

子开一个花店。"

另一个说:"我第一次演出时,观众特别喜欢我,赏了我一座房子。"

"我不相信他们会赏给你一座房子。"

"真赏了,一个人赏了一块砖。"

有个卖毛刷的小贩,招牌上横写着:"保不脱毛。"

许多人买了他的刷子,没用几次毛就脱光了,纷纷来找小贩质问:"你招牌上写得很好,什么'保不脱毛',怎么没使几次就没毛了?"

小贩指着招牌说:"对呀,没骗你,是你念错了,你从右往左念念看?"

剧院里,一位先生气愤地对身边一对唧唧喳喳的恋人说:"我想看戏,你们不反对吧?"

姑娘答道:"当然不反对,不过戏在前面啊!"

单位同事都喜欢网购。

今天,一男同事买的货到了,他特别兴奋,说九十多块钱买了一件七匹狼,超划算。女同事们听到了都聚拢过来。包装拆开一看,是"千匹狼"。

一位阿姨幽幽地说:"真划算,多给了你九百多匹狼呢。"

诺基亚用户与客服间的超级无敌经典爆笑对话

用户："你是说诺基亚可以随时随地体验3G吗？"

客服："是的，先生。"

用户："吹牛！"

客服："先生，我没吹。"

用户："你吹了。"

客服："我没吹。"

用户："你绝对在跟我吹，你现在就在跟我吹。"

客服：（似乎不对劲）"那您说说我怎么吹了？我吹您哪里了？"

用户："你不是说可以随时随地体验3G吗？"

客服："是的，先生。"

用户："那你说为啥我坐飞机的时候体验不了？"

客服：（无奈）"先生，坐飞机的时候是不允许开机的，您应该知道的。"

用户："什么叫我应该知道啊，我就是为了体验一下随时随地，专门买票去北京，我这是头一次坐飞机呢。"

客服："那您下回注意了，坐飞机的时候是不允许开机的，您可以在地面上享受我们3G强大的服务。"

用户："别说没用的，我看你就是忽悠人。"

客服："……"

用户："我买了你们诺基亚那个什么N97，不是说轻松玩3G吗？"

客服："是的，难道您不轻松吗？"

用户："废话，不但不轻松，而且很沉重！"

客服："请您讲讲。"

用户："我给我女朋友打视频电话，她接电话后我发现她身后蹿过一个男的。我女朋友竟然说那是他表哥，你说是吗？"

客服："我觉得不是。"

用户："那你觉得是什么？"

客服："很可能是情人。"

用户："你怎么可以这样啊？你以为我不知道是情人吗？你为什么要说出来啊，你知道我心里的感受吗？你知道吗……"

客服："先生，先生，您别哭，您别哭哇。"（好矫情的客户呀）

用户:"骗人,你们N86根本上不了网。"
客服:"先生,N86是支持3G上网的。"
用户:"什么3G上网不3G上网,网线插口都没有,你说咋上啊?"
客服:"对不起,先生,N86是无线上网。"
用户:"啊,又丢人了……"

用户:"我新买了一部N97,听说3G有视频功能,你能帮我试试吗?"
客服:"您需要我怎么帮您试试呢?"
用户:"把你手机号告诉我,我跟你视频通话啊。"
客服:"这个不可以,不过我可以建议您找一个同样用3G手机的朋友试。"
用户:"我没有朋友嘛,我的朋友都没有3G手机。"
客服:"您到底是没有朋友呢,还是朋友都没有3G手机呢?"
用户:"这个,这个你别管了,你把你的电话告诉我就行。"
客服:"这个真不行。"
用户:"你怕什么,我又不是坏人,我不会乱打的。"
客服:"那也不可以,请问您还有别的问题吗?"
用户:"有啊。"
客服:"请讲。"
用户:"你手机号多少?"
客服:"……"

YUANLAIXIAOYEKEYI
ZHEMECHEDIA

一句话把人逗乐

★ 咱们是否可以找个地方喝上一杯，交个朋友？或者说，我直接把钱包给你？

★ 我想，只要我再稍微具有一些谦虚的品质，我就是个完美的人了。

★ 如果您需要咨询或建议，我们将免费提供；如果您需要正确的答案，请您另外付费。

★
过去，闹钟响的时候，我常常有把它拍了再继续睡的毛病，但是，自从我在闹钟旁边放了三个老鼠夹之后，我的毛病就根除了。

★
如果说贝多芬是交响乐之父，那么是不是说贝多芬的父亲是交响乐之爷?

★
我做过很多愚蠢的事情，但是我毫不在乎，我的朋友把它叫做自信。

★
我想我应该去减肥了，上次献血的时候，居然流出了一百毫升的猪油。

★
用两条虫子做实验，威士忌里的那条死了，证明喝威士忌肚子里不长虫子。

★
我的创造力高得无法形容，我的工作能力强得无法形容，我的文字能力妙得无法形容。

★
我从来不看电视，我只不过是经常核对一下报纸上的电视节目有

没有印错。

你的眼睛就像天上的明月,一只初一,一只十五。

你这个孩子怎么不懂事啊?舅舅正在这里,你怎么还会想到要去动物园看狗熊?

我的视力很差,比如说,看见那边墙上那颗图钉没有?你看得见吧,而我就看不见。

每天我都不断地刷新一项世界纪录——我在世界上已经生活的天数。

你的射击成绩真是太糟了,我要是你,就立刻自杀,以防万一,你要多带一些子弹。

我把电视遥控器别在腰上,作出一副买了新手机的样子。

抢劫者须知:本行职员只懂西班牙语,请您抢劫时一定要有耐

心,最好携带翻译一名,谢谢!

你怎么搞的啊?这么大的盾牌你看不见,偏偏要把石头朝我脑袋上扔!

各位!今天是我太太30岁生日10周年纪念日!

除了一项,其余栏目填得都挺好,关系这一栏应该填岳母,而不应该填紧张。

爸爸今天打了我两次,第一次是因为看见了我手里两分的成绩单,第二次是因为成绩单是他小时候的。

争吵的时候,男人和女人就像是步枪和机关枪。

下面,我将公布史密斯先生的遗嘱,在公布遗嘱之前,我想满怀诚意地问一句:"史密斯夫人,您是否愿意接受我的求婚?"

老婆,我不该用床单擦皮鞋,不过出差刚回来,一时半会儿还改

不过来,我错了。

为提高产品的安全性,我们决定在可乐的瓶盖上加印:"请打开这一端。"在瓶底上加印:"请打开另一端。"

记者:"最近一项民意调查显示,国民对国内外时事的关心度很低,议员先生,您对此有何看法?"
议员:"没有看法,我不关心。"

如果不是发生在我身上的话,那么这件事可真是太好笑了。

您想拥有一副好的牙齿吗?这里送给您三点经验:一、饭后漱口早晚刷牙;二、每两年去医院检查一次牙齿;三、少管闲事。

秀发去无踪,头屑更出众!

这些不是破烂!是我收集的古董!当然,如果你不喜欢的话,你可以扔掉。

★ 人工智能和天然愚蠢无法相提并论——因为我们主张纯天然。

★ 一个人如果面对众人批评仍微笑自如，那么他很可能已经找到了替罪羊。

★ 昨天我报名参加了一个减肥训练班，他们要我在训练时穿宽松衣服，岂有此理？如果还有宽松衣服，那我还来报名干吗？

★ 抄你是对你才能的认可，追你是对你美貌的肯定。

★ 每当你感冒的时候，最难过的就是卫生纸。

★ 我喜欢夸张的人，因为我姓张。

★ 虚有其表其实挺赞美人的，起码还肯定了外表。相由心生就比较恶心了，在表达你很丑的同时还完全否定了你心里美的可能。

★ 吃了没文化的亏，味道好极了。

★ 妈呀，天上掉馅饼竟然砸到我头上了，烙饼的铁锅也掉下来了！

★ 小时候，我的理想是成为一名职业杀手。长大后，我靠杀猪为生……

★ "我是靠脸吃饭的。" "那你一定吃不饱。"

★ 你把毒誓当名片了啊，逮谁都发。

YUANLAIXIAOYEKEYI
ZHEMECHEDIA

精心收集的2013最新爆笑笑话

一个小朋友做数学题,实在不会做,就对他的同桌说:"我跟你换一下座位。""为啥?""你笨啊!你没听老师说,遇到不会的题要学会换位思考!"

语文老师让学生用"却""但是"造句,并解释道:"这两个词都是转折连词,'却'是小转,像转一个小弯,'但是'是大转,像转个大弯。"有学生立即说:"我家到学校只转几个'却',而到外婆家要转几个'但是'。"

某人在生意场上有求于人时，可以承诺一切，事后却是想法推脱和回避。有一次，他又没有兑现以前的承诺。他对朋友说："你要相信我，我绝不是那种翻脸不认人的人。"朋友看了他一眼，冷冷地说："滑盖的？"

赌城边上的一个生意人在街上碰到一个衣着不整的流浪汉一样的人。那人向生意人诉苦道："先生，您能施舍我50块钱吗？我已经有两天两夜没有吃饭了。"生意人瞥了一眼四周密密麻麻排列着的赌场，怀疑地问道："我怎么知道你不会拿这钱去赌博呢？"那人急忙辩道："不会的！赌博的钱我已经要到了！"

外地人来到秦国都城，发现了一个怪现象。城中无论什么人，都板着一张脸，不苟言笑。听说都城在禁刀，禁个刀咋就弄成这样了？外地人悄声问路边神情严肃的小贩："你们这是怎么了？"小贩："禁了。"外地人更奇："禁了？连笑也禁了？"小贩："这个字也不能说。"外地人讶然："为啥？"小贩附耳："因为笑里藏刀。"

老头道："那日华山论剑，先是他运起黯然销魂掌，破了我的七十二路空明拳；然后我改打降龙十八掌，却不防他伸开右手食指中指，竟是六脉神剑商阳剑和中冲剑并用，又胜我一筹。可见天下武功彼此克制，武学之道，玄之又玄！"少年听得心驰目眩，正要再问，老太太骂道："猜拳就猜拳，说得这般威风！"

有一个人要打一把锅铲，恰好一个铁匠从门前经过，他把铁匠喊进屋，拿了秤砣要铁匠打。

铁匠说："这是生铁，不能打。"

这人就说："那你明天来，我拿熟铁给你。"

第二天铁匠如约而至，那人从锅里把秤砣捞出来。

铁匠不高兴地说："我说过这是生铁，不能用！"

谁料这人也发了脾气："技术不行别逞能！昨天我就把这秤砣放到锅里用大火煮，煮了大半夜，你怎么能说还是生的！"

某人嘴笨，他要去给岳父拜寿，但不会讲好话。

他老婆教他说："敬祝岳父福如东海，寿比南山。"

他恐怕忘了好话，便边走边念。过独木桥时，他有点心慌，左摇右晃的，吓出一身汗。

过了桥，糟糕！两句话全忘了！再回去问吧，路太远了。

他忽然想到：话是在过桥时丢的，一定掉进河里去了，于是就下水去摸！但摸了大半天，哪里摸得着？只好没精打采地往前赶路。

宴会刚刚开始，大女婿最先起来敬酒道："敬祝岳父福如东海，寿比南山！"

这时，他正巧赶到，一听竟勃然大怒，冲上前去，打了大女婿一巴掌，骂道："原来你把我的话捡来了，害我在河里摸得好苦！"

有个小伙初次出远门，到一个亲戚家去，约摸着快到了，想找人

问问。这时路边树下坐着一个老汉,在那里抽旱烟。小伙走上前问道:"喂,老头,到大王庄还有几里?"

"你问我?"老汉说。小伙子点点头。

"到大王庄还有三百杆子。"老汉吐口烟说。

小伙子惊奇地说:"你们这里怎么不论里啊?"

老汉又吐口烟说道:"论理?论理得叫大爷。"

一个混混在街头闲逛,看到一个算命的。他上去喊道:"老头,给我算算,我能活多长时间!"

算命的笑道:"小伙子你命好啊!"

混混大喜,忙问:"是吧,那能活多久?"

算命的说:"你能活到死啊!"

小妹正上高二,处于少男少女青春萌动的时候,家里人都怕她早恋耽误了学业,于是看得她特别紧。那天小妹不在家,电话响了,"找周××。"一个大男孩怯怯地说。"她不在家,你姓什么呀?"我赶紧问道。"姓魏。"那边的声音更小了。"魏什么?"我有点得寸进尺地问。那边显然一愣,接着说:"不为什么,因为我爸爸姓魏!"

一天有三个死人被送到医院。

医生问道:"他们怎么都是笑着死的?"

护士答道:"第一个人是因为中了500万激动而死,第二个人是因为乐极生悲而死!"

医生又问道:"那第三个人怎么死的?"

护士说:"第三个人是在一个下雨的夜里去摘苹果的时候死的。"

医生不解:"摘苹果怎么会含笑而死?"

护士答道:"霎时天空打了一个闪,他以为有人在给他拍照。"

某男乘坐公共汽车时,车上一个漂亮姑娘总是打量他。他心想:姑娘可能是对自己有意思,不禁心里美滋滋的。姑娘到站下车,此男见状马上跟下去。姑娘在前面走着,还不时地回头看。他鼓足勇气跑上前,不无幽默地搭讪道:"小姐,你为什么总看我?是不是我脸上有饭粒啊?"姑娘瞪了他一眼:"你有病啊!明知道还不擦……"

一家商店的售货员在黑板上写了"现在另售"四个字。

旁边一位顾客说:"同志,零售的'零',你写的是别字。"

售货员瞪了顾客一眼说:"得了吧,'别'字还有个立刀旁儿呢!"

有个领导总是写错字,念错音,还不虚心学习。

一次,单位开表彰大会,他把冯XX读成马XX,引起哄堂大笑,他估计又是念错了什么。

秘书提醒道:"还有两点呢!"

领导想纠正一下,又怕失面子,便板起面孔说:"大家不要笑了,少两点也没什么关系,都是一个单位的同志,何必在乎这一点两点的?"

打扮时髦的一对男女手挽手,走进一家报刊门市部。

男的指着一本《大众花卉》对营业员说:"来一本《大众花开》。"

营业员冲他一笑,递给了他。身旁的女友摘下蛤蟆镜,拿过来一看刊名便问:"这个开字怎么上面多一竖?"

男的说:"这是书法艺术,你不懂!"

一群医学院的毕业生聚餐,在饭店里大吃大喝。一个男生桌前骨头、鱼刺、果皮堆积如山,服务员走过来,对他说:"先生,要不要我给你换一下骨盆。"

男生大惊:"骨盆……你也能换?"

法官:"你现在还想抵赖,那么多证人都说那天晚上看见你在地里偷瓜。"

嫌犯:"大人,冤枉啊!他们在胡说。那天晚上根本没有月光,地里一片漆黑。那些人根本不可能看见我。"

法官:"真是这样的话,他们是在胡说。"

一个游客对女导游说:"你带我游览维也纳的风景,对我的帮助不少,我想送点礼物给你。你最喜欢什么?"

女导游吞吞吐吐地说:"我喜欢打扮,嗯……给我一些在耳朵、手指或者脖子上用得上的东西吧。"

第二天,游客送来了礼物——一块肥皂。

YUANLAIXIAOYEKEYI
ZHEMECHEDIA

儿童笑话精选大全

前些天带女儿回家看望她姥姥，想接她到城里住，可又考虑到老人年事已高，行动上恐不太方便。女儿见状奶声奶气地说："姥姥，等你将来长大了，自己骑自行车去不就行了吗？"

女儿晚上睡觉前吵着要糖果吃。妈妈："不行，睡觉前吃糖果，虫子会吃掉你牙齿的。"女儿："别骗人了，妈妈，难道虫子晚上不睡觉吗？"

和爸爸比，还是妈妈好，因为孩子们常说："妈，我渴了。""妈，我饿了。""妈，我衣服呢？""妈，给我买好吃的了

吗？"而跟爸爸就一句话："爸，我妈呢？"

儿子："妈妈，你的牙好大！"妈妈瞪了他一眼。儿子改口："你是世上最漂亮的妈妈！"妈妈笑。儿子："不过，你的牙确实挺大的！"

儿子问妈妈："什么是垃圾？"妈妈说："垃圾就是没用的东西。"儿子："爸爸是垃圾吗？"妈妈："傻孩子，你爸怎么是垃圾呢？"儿子："你不是总说爸爸是没用的东西吗！"

课堂上，老师讲道："肥胖，是因为高热量的食物吃得太多了，所以，肥胖的同学可以少吃些高热量的食物，这样可以减肥。"胖墩小强回到家就对妈妈说："我以后吃饭要放凉些再吃。"妈妈惊奇地问："为什么呢？"小强："老师说少吃高热量的食物可以减肥。"

幼儿园里，老师让小孩子们猜谜语："一把刀，顺水漂，有眼睛，没眉毛。"答案应该是"鱼"。老师怕孩子们猜不到，于是提醒道："打一个小动物。"这时，一个小朋友郑重其事地说："爸爸说，动物是人类的好朋友，我们要爱护它。老师，为什么要打小动物呢？"老师刚想解释，其他小朋友纷纷跟着说道："我——也——不——打！"

本人是小学老师，期末改卷时会遇到各种有趣的答案。某年级一试题："把下面句子改为拟人句。"句子是"小鸟在树上叫"，大多数同学都很常规地改成"小鸟在树上唱歌"。忽见一句：小鸟在树上叫："我是人啊！我是人啊！"

小学的时候考试考砸了。考完都要让家长在试卷上签字，这样的成绩拿回去我还想不想活了！第二天，老师便问我为什么没有让家长签字。我说："爸爸不会写字不能签字。"老师极为恼火："我和你爸一起上学，他会不会写字我还不知道？"

老师问学生："地球是什么样子？""不知道，先生。"学生齐声说。那么，我常用的鼻烟壶是什么样子？"四方的，先生。""不，我说的是我星期天用的那个。""圆的，先生。""那么，地球是什么样子？""星期一到星期六是方的，星期天是圆的，先生。"

历史课上，老师提问："当年鉴真和尚东渡日本，有一次在海上差点遇难。当时他说了一句经典的话，这句话是什么？"角落里传出一个弱弱的声音："他说风雨中，这点痛算什么……"

一次参加婚礼，一个小女孩看到新娘子头上戴着很美很美的花

环,就冲妈妈喊:"妈妈,阿姨头上,好漂亮的花圈!"

小时候特强壮,没有得过病住过院什么的,后来我表姐住院开刀,我看了打麻药的她耷拉个脑袋,羡慕地说:"生病真幸福啊,我连医院都没住过……连表姐都住了哪……"结果妈妈就给了我一个耳刮子。

小时候,常担心:人死了以后,埋在地下太难受;因为我试着憋气,觉得太难受了。地下的人可还要待那么长的时间,不知有多难受!所以,尽管我那时还是一个小学生,我却在同学中间主张火葬。

老师来到教室通知:"同学们,明天我们要进行摸底考试,大家好好准备一下,这节课上自习。"一个学生在下面嘀咕:"老师,我们心里没'底',还是别摸了。"

英语课,同桌照例趴在那边睡觉。英语老师讲着讲着,突然叫他:"同学,你回答一下,She's easy-going(她很容易相处)这句话是什么意思?"他当场懵了,过了两秒还是回答:"意思是,她很容易勾引。"

老师:"用'一……就……'造几个句子给我听。"

甲："天气一变冷我就加衣服。"

乙："甲一加衣服我就知道天气变冷了。"

丙："天气一变冷甲就加衣服。"

老师："……"

一天晚上，5岁的儿子忽然对爸爸说："爸爸，月亮真了不起。"

"有什么了不起呀？"爸爸好奇地问。

"月亮的胆子比人大。"

爸爸更奇怪了："为什么呀？"

"月亮敢晚上出来玩！"

儿子终于看到盼望已久的大海。

他对妈妈说："妈妈，不是说大海无边无际吗？"

妈妈："是呀。"

儿子："但我们怎么站在大海的边上？"

两个小孩子聊天。

A："你说世上真有像诸葛亮一样料事如神的人吗？"

B："怎么没有！我妈妈就是！"

A："真的？"

B："你还不信？我昨天拿了成绩单回家，我妈妈只拿眼睛朝成绩单一扫，就对我说：'当心你爸回来揍你。'爸爸下班回家，果然

揍了我一顿。"

孙子看到爷爷长着长胡子，就好奇地问："为什么爷爷长胡须，我就没有呢？"

爷爷说："等你长大了以后，也会长的。"

孙子想了想说："那为什么爷爷和我一样长着眉毛呢？"

还没等爷爷回答，孙子突然叫道："我懂了，因为眉毛比胡子的年纪大！"

老师对学生说："请用'难过'造一个简单、通顺又有意义的句子。"一名学生举手说："上学的路上，车多，很难过。"

明天就要进行毕业考试了，可是小赵照旧打扑克、看电视，一点儿也不在乎。他的爸爸赵老板见了生气地说："你不赶快去学习还等什么？"小赵爽快地回答："我等你退休。"

一天，爸爸给儿子讲故事。

爸爸："在春秋时期……"

儿子："说清楚是春还是秋？"

爸爸："有一个诸侯……"

儿子："到底是猪还是猴啊？"

爸爸："……"

一个人的儿子被蚊子咬了,他给儿子擦风油精并对儿子说:"风油精中含有一种东西,蚊子闻了就害怕,就不会来咬你了。"

儿子说:"要是它捏着鼻子回来怎么办?"

超级糗人笑话大全

女同事买了辆车,我问她:"你买的是什么车?"她:"汽车呀。"我:"我是问你什么牌子!"她:"牌子还没上呢!"

昨天去剪头发,一坐下,剪头发的男生就问:"美女,做个一次性烫好不好?很漂亮的!"我说:"不烫。"几分钟后,他又问:"烫吗?!"我说:"不烫。"过了一会儿,剪完开始用吹风机吹了,但是风有点烫,男生问:"烫吗?"我说:"烫!"于是他就给我烫起了头发。

一位娱乐界的明星旅客:"我要紧急出口座位。"

员工:"不好意思,已经没了。"

旅客:"调换一下。"

员工:"没法调换。"

旅客:"你知道我是谁吗?"

员工:"今天阴天,您又戴着墨镜,我认不出来。"

旅客愤愤摘下墨镜。

员工仔细看了半天后:"对不起,不认识……您还是戴上吧。"

一个人喝得醉醺醺地来到商场,站在一个柜台面前说:"我要买个烟灰缸,快给我拿过来。"

服务员提醒他说:"先生,这是砚台,不是烟灰缸。"

醉汉又指着另一样东西说:"我要那支烟。"

服务员尴尬地说:"那不是烟,是毛笔。"

醉汉又道:"先生,我想要……"

服务员大笑地说道:"我不是先生,我是女士。"

出纳小丽最近在办公桌的玻璃下面压了张全家福照片。

那天,会计过来对账,看到照片后就问小丽:"这是你们家的全家福吧?"

小丽:"嗯。"

会计:"这个是你对吗?"

小丽:"嗯。"

会计:"你边上的这个人是谁啊?"

小丽:"我哥。"

会计:"哦,你们两个谁大啊?"

小丽:"……"

宋朝时,街头,大侠杨过遇一郎中,问:"可曾见一女子,白衣如雪,美若天仙?"

郎中:"见过啊。"

杨过追问:"她功力深厚,恍若天外飞仙?"

郎中:"没错。"

郎中反问:"她是不是属蛇?"

杨过露出多年未见的笑容:"'小龙'确是蛇,哈哈哈!!敢问阁下大名?"

郎中笑道:"在下许仙……"

YUANLAIXIAOYEKEYI ZHEMECHEDIA

精辟的爆笑签名、脑筋急转弯

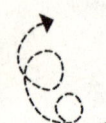

1.

精神分裂也不是一点儿好处都没有，至少一个人走夜路的时候有人陪。

2.

善有善"抱"，恶有恶"抱"，感觉他们都很幸福，我就没人抱。

3.

做人，千万不能占小便宜，要占就占大的。

4.

上天待我不公：我天天吃猫的食量，却让我有猪的体形。

5.
我不能给你整个世界,但可以把我的整个世界给你,一共500个G。

6.
没头脑的人说出来的话总是让人不高兴。

7.
看到压缩包有"解压到桌面"的选项,连它都知道压力大了就该摆桌酒席。

8.
你有一朵红玫瑰,一朵白玫瑰,于是成了倒霉鬼。

9.
昨晚肯定有人往我床上涂双面胶了,要不今早为什么怎么挣扎都起不来。

10.
故天将降大任于斯人也,必先苦其心志,劳其筋骨,饿其体肤,空乏其身,行拂乱其所为,接着老天说不好意思认错人了。

11.
人无远虑,必有近忧。人若远虑,必定愁死。

12.

问:"为什么超级英雄的衣服都穿那么紧?"

答:"因为救人要紧。"

13.

问:"麦克和杰克是双胞胎,有一次两人考试都不及格,谁的心理承受力比较差?"

答:"麦克。因为麦克风(疯)了。"

14.

问:"在下面括号中填一符号,满足其逻辑性规律:1234()6789。"

答:"答案不仅仅只有5,<或≠也可以,其实还有很多……"

15.

问:"有没有一个人,让你想起就想哭?"

答:"有,债主。"

16.

问:"如果你是唐伯虎想咋点秋香?"

答:"@秋香。"

17.

问:"你最忍不了自己什么缺点?"

答:"优点太多。"

18.
问:"把自己的秘密告诉谁最安全?"
答:"猪。"

19.
问:"翻拍的四大名著你最喜欢哪个?"
答:"还珠格格。"

YUANLAIXIAOYEKEYI
ZHEMECHEDIA

反映生活的俏皮雷语

 不成熟的男人总是在意女人的姿色；成熟的男人则很会看老婆的脸色。

你告诉他有件好事，他说"没戏"；你告诉他有件坏事，他说"没辙"；你告诉他有件不好不坏的事，他说"没劲"。

别人二十几岁就家产过亿、十亿、几十亿，我就五百万，还是像素……

程序员都是好男人。从来没有人像他们这些男人那样每天都会扪心自问：我到底错在哪了？告诉我，我一定改！

每到周五下午，很多上班族都会练一种神奇的武功：魔阳功！

我祈求上天让我发达，但上天一直让我发福。

岁月不饶人，首先饶不了女人；机会不等人，首先等不了男人。

哥不在江湖，就在去江湖的路上。

我太喜欢考试了，所以我每门课基本都考两次。

暗恋连平邮都不如，邮件丢失率百分百。

这天气，在宿舍是清蒸，躺在床上是干烧，铺了张席子是铁板烧，出去一趟是烧烤，游个泳那是水煮，晚上还得回锅！

自从学会了逆来顺受,我就再也没遇到过逆境了。

我这个人是很有原则的,我的原则就是:爱咋咋的。

有一种小聪明,是从来不说大实话。

手机自拍是一项伟大的发明,它深入浅出地传递了一项科普知识:左右脸不对称。

我对你的爱,就像拖拉机爬山坡那样轰轰烈烈。

方便面给自己立下的宣传口号是:给咱点阳光,咱不会灿烂;给咱点洪水,咱不会泛滥;但给咱点热水,咱就能当饭!

你呀,体重对不起地球大妈,长相出门会被火星人抓,买东西被人认为是抢劫犯,我说你咋这么大魅力啊!

说好听点儿,你是目空一切,说不好听的,你那是瞎了。

YUANLAIXIAOYEKEYI
ZHEMECHEDIA

上Google上百度一下

★ 格式化自己,就是为了删除你!

★ 当女人不再痴缠,不耍赖,不再喜怒无常,也就不再爱了。

★ 我一辈子最美好的时光就是这几年,找不到人给我花钱,我花自己的钱还不行?

★ 人生最大的悲哀就是把别人的债务变成了自己的。

★ 毁灭友情的方式有很多，最彻底的一种是借钱。

★ 路见不平一声吼，吼完继续往前走。

★ 当裤子失去皮带，才懂得什么叫依赖。

★ 拿份报纸上厕所，俺是读书人。

★ 上Google上百度一下。

★ 人生有时候像电脑，说死机就死机，没得商量。

★ 听说女人如衣服，兄弟如手足。回想起来，咱这尊千手观音竟然裸奔了二十多年！

 怀才就像怀孕，时间久了才能让人看出来。

★
没什么事就不要找我,有事了更不要找我。

★
你以为我会眼睁睁地看着你去送死?我会闭上眼睛的。

★
锻炼肌肉,防止挨揍!

★
天使之所以会飞,是因为她们把自己看得很轻……

★
数羊数到嘴抽筋,噩梦做到自然醒。

★
拥抱真是个奇怪的东西,明明靠得那么近,却看不见彼此的脸。

★
我能想到最浪漫的事,就是你一天天变老,而我依旧青春年少。

★
当你穿上爱情的婚纱,我也披上了和尚的袈裟……

★
其实我是一个天才,可惜天妒英才!

★ 请你以后不要在我面前说英文了，OK？

★ 睡自己的觉，让别人上课去吧！

★ 有人地理好，有人物理好，有人历史好，有人数学好，有人语文好，有人英语好，有人化学好……我……心态好。

★ 枯藤老树昏鸦，食堂又在涨价，同学饿成瘦马。夕阳西下，妈妈我要回家……

★ 终于知道homework为什么是不可数名词了，因为那玩意儿压根就做不完。

★ 突然想到一个很严肃的学术性问题，是谁把60分定为及格线的。

YUANLAIXIAOYEKEYI
ZHEMECHEDIA

动物界句句发冷的雷人语录

眼镜蛇：我没有戴眼镜，只不过长了一张鞋拔子脸而已。

青蛙：当你听到蛙声一片时，那一定是我们正在"群聊"。

蚰蜒：别管我叫"钱串子"，因为我穷得只剩下一堆脚了。

苍蝇：有缝儿的鸡蛋要钻，没缝儿的鸡蛋创造个缝儿也要钻。

蚂蚁：我是最早走穴的那批演员。

狗：因为对骨头的眷恋，所以我长大后要当一名骨科医生。

蜘蛛："蜘蛛网，网天下"不是吹出来的，而是我一根一根拉出来的。

狮子：为什么人们玩绣球叫招亲，我玩绣球就叫杂技？

瓢虫：我身上的点，无论是优点还是缺点，我都把它看作是美人痣。

蜈蚣：雇我做打手真是物超所值，一是我心够毒，二是我手够多。

蚊子：用我的樱桃小嘴在你身上寻找属于我们的血色浪漫。

蚯蚓：崇拜我的人尊称我为"卧龙先生"。

狼：狼爱上羊需要勇气，狼抓到羊需要力气。

YUANLAIXIAOYEKEYI
ZHEMECHEDIA

 乐死人的爆笑生活糗事

昨晚喝酒三点才回，然后各种难受啊，见到厨房有一锅汤，咕嘟咕嘟都喝了。早上老妈在厨房自言自语："这一锅刷锅水怎么就没了？"

我有一同学绰号西瓜，家住在某小区五楼。一日，我找他打篮球。天很热，懒得上楼找他，于是就站在他家楼下高呼："西瓜，西瓜。"话音刚落，二楼一位阿姨打开了窗户问："多少钱一斤？"

公司组织体检，一周后结果出来了。前台抱着报告出现了，说："大家的尸检报告出来了，都来领一下吧。"

A："请问贵姓？"

B："免贵，姓张。"

A："哦。请问贵姓？"

B："姓张。"

A："请问贵姓？"

B："姓张。有毛病吧你，问多少次了？"

A："你这位小李，怎么这么爱发脾气。"

校园冷笑话幽默大集合

冬天晚上从自习室出来,因为结了冰,不小心脚下一滑,在即将摔倒的时候,我拉住了一个经过的男生并且惊叫了一声:"妈呀!"结果那男生结结巴巴地说了一句"你,你,你认错人了",就匆匆走了。

一位老师问他的学生:"如果两条蛇互相咬着尾巴吃,那结果会怎样呢?"一位学生回答:"两条都没有。"另一位学生不同意:"我认为只剩下骨头。""都不对!"老师得意地说,"我认为,最后只剩下两个胃,胃中各有一条蛇。"

一个老师打了通宵的麻将后,来到教室,在黑板上布置了五条数学题后,叫学生好好做作业,然后就坐在椅子上打盹儿。一会儿,一个学生问老师:"第五条怎么做?"

老师蒙眬中答道:"五条?我胡了。"

老师:"我们为人处世要问心无愧,正所谓来时一丝不挂,去时两袖清风。"

学生:"好歹也得弄件衣服。"

高考结束后,我有时候觉得,我们都应该去演一部电影,名字叫《那些年,我们这群没人追的女孩》。

今天惊现一个考生骑着一匹马来考场参加高考!我就问他什么原因。这位考生自信地说:"老师跟我说了,以我的成绩,我骑马(起码)能考个重点本科。"

高考结束后,心知考得不怎么样,就对父亲如实说了考试成绩不理想,父亲无奈地说:"不行的话,就复读吧。"这时坐在一旁的爷爷生气地说:"考不上就考不上,服什么毒啊?!没出息!"

今天考完之后,我就默默地改了我的签名:距离高考还有365天……

教授:"你的电动机怎么没有保护啊?"学生:"这个……这个不在设计范围内。"教授:"那电动机电流过大,我们就任由它烧掉了?"学生:"嗯……从技术角度看应该有过热保护!可是,从商业角度来看,我们只好任由它烧掉了,好换新的……"

一群教授被请上了一架飞机,坐好后,他们被告知,飞机是由他们的学生设计的。结果,众教授纷纷下了飞机,只有一个教授坐在那儿一动不动。有人问他为什么不赶快下去,他说:"放心吧,这飞机根本就飞不起来。"

冷人爆笑的糗人糗事大全集

1.

一个哥们儿相亲回来后，我问他："那女的怎么样？"哥们儿说："漂亮是挺漂亮，就是牙太黄！"我问："有多黄？"哥们儿面露难色："我去的时候，她正在吃草莓，嘴里跟西红柿炒鸡蛋似的。"

2.

男："能见个面吗？"

女："不行！我是好女孩，不和网友见面是原则！"

男："我真的很想见你啊，求你了……"

女："拿我当朋友就要尊重我。"

男："那视频总可以吧？"

女："好吧，可我没摄像头啊！"

男:"我借你,中午在校门口你来取吧。"
女:"呵呵,太麻烦你了,那几点呢?"
男:"12点,不见不散。"
女:"好,那谢谢了,你人真好。"

3.

有个不学无术而又非常崇洋的年轻人到医院镶牙。医生说:"同志,你镶什么牙?"年轻人说:"我镶进口牙。"医生觉得好笑,故意问道:"你知道什么样的牙是进口的?"年轻人说:"西班牙、葡萄牙不都是进口货吗?"

4.

某天公司要开会,女同事在楼上忙,快到时间了才准备到楼下会议室开会。楼下有好几个会议室,于是发短信给一男同事:"哪个房间?"男同事回:"507。"据说第二天,男同事没来上班,跟老婆在家解释……

5.

现在的家庭住宅,每间房都有一个红色按钮,是和小区监控室相连的。遇到紧急情况按下,保安就会立刻赶到,我家也有。今天,保安突然上来敲我家门。我问干什么,保安说:"你家紧急情况那个红灯在监控室亮了一年,今天有空来看看你家是不是出啥事了。"

6.

今天妈妈买了猪肝回来,在切猪肝的时候,妈妈不小心切到了自己的手。爸爸回来看到了猪肝,说了一句:"这猪肝还真新鲜,现在

还在流血。"

7.
一个黑衣大汉来到酒店里,对店小二喊道:"小二,把上好的酒菜全给大爷上来,否则,看我取你的狗命!"
"是,客官。"
结果小二就挂了……因为小二把"酒菜"听成"韭菜"了。

8.
老师组织同学们收看足球赛。
比赛结束后,组织大家讨论,主题是:在学习上如何发扬足球精神。
"如果说结合学习,"小明发言说,"我们之所以考试分数低,就因为球传得不好,有些人不自觉,别人把球传给他,他抄完了就不肯再往下传了。"

9.
两个养鸽爱好者碰到一起,高兴地谈了起来:"我正在培育新品种,让鸽子与鹦鹉杂交。"
"为什么要杂交?""如果鸽子迷了路,那它就可以自己问路了。"

10.
快要过年了,老总在办公室里突然发高烧。秘书赶快请医生过来。过了会儿,秘书说:"总经理,大夫来了。"总经理:"告诉他我病得太厉害,不能见他。"

YUANLAIXIAOYEKEYI
ZHEMECHEDIA

够味够冷够给力的爆笑笑话

"医生，我有时候感觉压力很大。""一般是什么时候？""做饭的时候。""哦，你叫什么名字。""高压锅。"

客服其实是造成便秘的主要原因，因为他们经常对用户说："很抱歉给您带来不便！"

米饭太硬了，还好有碗汤，可以送服。

当一个胖子遇见另一个胖子,最伤感的一句话是什么?答:"哥们儿,你这衣服在哪儿买的?"

有人问我现在这相貌是花多少钱整出来的。我说:"整的时候花了两千多,后来法院又判他们赔了我五千多。"

看了好笑的段子,为什么反应不是"哈哈哈哈",而是一本正经的"这条不错"呢,您这是在买金鱼吗?

我长这么高,老实说我很自卑,每次自卑时我就安慰自己,还好我胖,不显个儿。

物价涨得太快,所以我在餐馆吃饭的时候都会先付钱。

"对皮厚心黑的人,怎么办?""用立白。"
"对油腔滑调的人,怎么办?""洗洁精。"
"对不屑一顾的人,怎么办?""去屑灵。"

一次次的擦肩而过,一声声的真切呼唤,却得不到你的任何回

应。堆积在我心里的，是怨恨，抑或是无奈？望着你的背影，我几乎凝噎，纵有千言万语，也只能留在心底。也不知过了多久，你终于开口："鱼香肉丝？稍等，马上就好！"

生活窍门：如何把塑料瓶改成洗碗用的钢丝球？首先，找来食用PC塑料的饮料瓶，放一边待用。最好找可口可乐瓶子，不要百事可乐，雪碧和脉动的质量好，建议多选一些。不要选汇源类纸包装的。好了，已经集齐二十个瓶子，现在我们把这些瓶子拿去废品回收站卖掉，一起去超市买钢丝球吧！

今天上街，遇到一个乞丐。我看见他跟前的碗破了个大洞，心里很不是滋味，凭什么穷人就得用破碗？于是我二话没说拿起碗来，帮他扔到垃圾桶里去了。

从前有个冰淇淋去应聘面试，考官问他："你在学校里什么科目学得最好啊？"冰淇淋想了半天，冷汗直流，小声答道："化，化学……"

昨天在必胜客，我问服务员："能给我添碗米饭吗？"我女朋友听后，竟然当着人家的面说："先生，你能到别桌吃吗？我不想跟你拼桌！"

今天打赌输给女友，帮她倒水泡脚。她说加点盐，我就加了点进去。一琢磨，又在盆里加了些冰糖、醋、枸杞。女友："你这是和中医学的？"我说："不是，和我妈学的。"女友："你妈常常泡脚？"我："我妈常常煮猪蹄。"

我和女友谈了三年，一直都想结婚时可以去旅游。于是，我们想到上《非诚勿扰》，牵手拿旅游大奖。于是，假扮分手，分别报名。结果，女友比我早一期上了《非诚勿扰》。再结果，女友和别人牵手，拿到大奖旅游去了。

某厨师在一饭店工作多年，一直拿着很低的薪水。

终于有一天，老板决定给他加薪了。"你为什么要给我涨工资？"厨师问老板。

老板说："因为这么多年来，你一直是个好厨师，所以我应该提高你的待遇。"

厨师想了一会儿，说道："这么说来，你已经欺骗我好多年了。"

我决定去买汽车的那天下着很大的雪，想到在这样糟糕的天气里，销售商一定认为不会有顾客上门，我便信心百倍准备大肆杀价。

正如我所料，当我进入展厅时，我是唯一的顾客。

但销售商一开口，我准备狠狠杀价的希望便立即落了空。

他得意地说:"小伙子,你肯定想有新车想得不得了,这么糟糕的天气都跑出来买车。"

乞丐:"难道这世界真的没有一点同情心了吗?"
商人:"不,你只要为我做生意,我会给你一口饭吃。"
乞丐:"做什么生意?"
商人:"你继续做乞丐,给我赚钱。"

导演对一演员生气地喊:"这简直是胡闹!刚刚那一幕里,你临死之前怎么能突然放声大笑呢?"
演员:"就凭你给我每月发的这点儿工资,我早死早解脱。"

YUANLAIXIAOYEKEYI
ZHEMECHEDIA

东拼西凑笑死你

作家听到厨师说他的作品淡而无味,就对厨师说:"你没有写过小说,因此你无权批评我的书。"

厨师反驳道:"我这辈子没下过一个蛋,可我能品尝炒鸡蛋的味道。母鸡能尝出鸡蛋的味道吗?"

在一次爱情座谈会中,讨论什么样的人才算最佳丈夫。经过激烈争论之后,主持人作结论道:"女人的最佳丈夫应该是考古学家。""这是什么意思?""因为你愈老他对你愈感兴趣。"

老公是一个要求很高、难度很大的工作岗位。不计薪酬还要倒贴，爱岗敬业还不能串岗，周末无休节假日还免费加班。向所有辛勤工作在一线的老公们致敬！

　　你是在酒吧和她相遇的，那天她化了淡妆，脸颊微红，在昏暗的灯光下略显忧郁。

　　你静静地看着她，陪她喝酒，听她倾诉，直到她难受地哇哇乱吐，你打车把她送回家，安顿好她，绅士地离开，你内心期待和她将有一个美丽的开始。

　　第二天，她醒来给闺蜜打电话："昨晚酒吧见一男的，可把我给恶心吐了。"

★
　　公元3世纪，在罗马帝国残酷镇压下，一位叫作瓦伦丁的基督徒被捕入狱。在狱中，他治愈了典狱长女儿的失明并与之相爱。二人想尽一切办法终日幽会，难解难分，典狱长得知后非常愤怒，270年2月14日，瓦伦丁被提前执行死刑。

　　后来人们每逢谈起这段悲情故事，总会不无惋惜地感叹道，真是秀恩爱，死得快啊。

31个经典句子，你听过几句？

你说你会等我回来。你是等了，还找了一个人一起等。

你的话，我连标点符号都不信。

Hey，请问一下，你的棺材要翻盖的还是滑盖的？

不要对我太好，让我分不清你是爱情还是友情？

想想，还是幼儿园好混。

人生就像打电话，不是你先挂，就是我先挂。

人在悲伤的时候，不管听多么欢快的曲子，都会止不住地流泪。

我没有那么多的感慨，仅仅想有个人陪。

距离产生的不是美，是寂寞。

QQ的在线率越高，证明这个人越寂寞。

笑只是一个表情，与快乐无关。

女人，长得漂亮是优势，活得漂亮是本事。

当幸福来敲门的时候，我或许不在家。

累吗，累就对了，舒服是留给死人的。

早该没心没肺，不用现在的撕心裂肺。

爱你，很久了；等你，也很久了；现在，我要离开你了，比很久很久还要久……

树大了总要招风的，人大了总要防骗的。

众里寻他千百度，蓦然回首，那人依旧对我不屑一顾……

帅到无边心是岸。

我们的口号是：以貌"娶"人！

男人说爱女人就像爱上帝，但亲爱的男人们，上帝只有一个……

博客圈就是把吐的口水所含成分差不多的人聚集在一个圈里吐。

和我们掩饰错误所用的方法相比，几乎所有的错误都是可以原谅的。

真正能使女人成为别人老婆的不是父母，而是年龄。

一分钟到底有多长？这要看你是蹲在厕所里面，还是等在厕所外面。

鸡蛋碰铁蛋，注定要完蛋。

YUANLAIXIAOYEKEYI
ZHEMECHEDIA

怕老婆的灰太狼语录

"老婆，心急吃不了小肥羊！"

"我差一点儿就成功了！"

"老婆，我抓羊去了！"

"老婆，烧好开水等着我。"

"老婆,我又失败了……"

"老婆,我错了!"

"老婆,你看我给你带来了什么。"

(眼泪汪汪)"舍不得老婆,套不住羊!"

"老婆,我终于成功了!"

"老婆,别生气了,生气对皮肤不好!"

"根据太太太太太太爷爷的记载……"

"老婆,这是意外,意外啊!"

"老婆,你就等我的好消息吧!"

"我怎么能打扰老婆睡美容觉呢?"

"世界上最幸福的事就是抓到一只羊,更幸福的事就是抓到两只羊……"

"啊,老婆,你这么说人家会很害羞的。"

"老婆,可不可以不请我吃锅贴了?"

"什么有姜爱姜的?"(红太狼:You jump, I jump,灰太狼听不懂……)

"我讨厌卖平底锅的!"

"老婆,你听我解释……"

"就差一点点了,都怪喜羊羊。"

"我不想解释什么,只希望你再给我一次机会。"

"老婆,你冷静一下嘛!听说……"

"成功的男人是最帅的!"

"或许大家觉得我被老婆打、被老婆骂很可怜吧。可是我觉得,她是这个世界上最好的老婆。"

"老婆,人家已经很努力了!"

"老婆,在不清楚状况之前请不要叫我笨蛋。"

"老婆,为了给你捉羊,我一定会坚持到底的。"

经典幽默歇后语

开水锅里洗澡——熟人。

看见岳父不搭腔——有眼不识泰山。

吃菠萝问酸甜——明知故问。

口袋里装钉子——个个想出头。

苍蝇叮菩萨——没人味。

背着娃娃推磨——添人不添劲。

粪堆上开花——臭美。

聋子看戏——饱眼福。

马槽边上的苍蝇——混饭吃。

吃饱了溜大圈——撑着了。

长江里的石头——经历过风浪。

刀砍大海水——难舍难分。

到手的肥肉换骨头——心不甘。

雕像匠不给神像叩头——知道老底。

东扯葫芦西扯瓢——故意找茬儿。

擀面杖作筷，盆作杯——大吃大喝。

浑身贴膏药——毛病不少。

饭桌上的抹布——尝尽了酸甜苦辣。

钢丝穿豆腐——别提了。

鞭炮两头点——想（响）到一块了。

吃鱼不吐骨头——说话带刺。

厨房里的灯——常常受气。

八百年前立的杆——老光棍。

擦粉进棺材——死要面子。

财神爷要饭——装穷。

搭棚子卖绣花针——买卖不大，架子不小。

打发闺女，娶儿媳——两头忙。

抱黄连敲门——苦到家了。

冰块掉进醋缸里——寒酸。

带着存折进棺材——死要钱。

冬天的大葱——皮干叶烂心不死。

冬天火炉夏天扇——用得上。

兜里的钱,锅里的肉——跑不了。

毒蛇钻进竹筒里——假装正直。

赌徒的嘴巴——尽说到点子上。

渡船过河——划得来。

断柄锄头——没把握。

赶庙的失孩子——活丢人。

刚出炉的铁——心地纯正。

寡妇打孩子——舍不得。

棺材铺的生意——赚死钱。

寒山寺的大钟——搬不动。

和尚挖墙洞——妙（庙）透了。

候车室里的挂钟——群众（众人）观点。

虎口拔牙——胆子不小。

葫芦瓢捞饺子——滴水不漏。

黄豆切细丝——功夫到家了。

急惊疯碰着个慢郎中——干着急。

叫花子唱歌——假快活。

井底下写文章——学问不浅。

井里的吊桶——任人摆布。

九月的甘蔗——甜到心。

看天说话——眼光太高。

考上秀才盼当官——欲无止境。

瞌睡遇到枕头——求之不得。

苦瓜树上结黄连——一个更比一个苦。

雷声大雨点小——有名无实。

梁山上的军师——无(吴)用。

两个羊羔打架——对头。

满山跑的兔子不回家——野惯了。

南来的燕,北来的风——挡不住。

狼也跑了,羊也保了——两全其美。

八十老翁吹喇叭——有气无力。

茶壶有嘴难说话——热情在里头。

大公鸡打架——全仗着嘴。

高射炮打蚊子——小题大做。

汽车压罗锅——死也值了。

眉毛上搭梯子——放不下脸。

麻子不叫麻子——坑人。

麻子管事——点子多。

麻子敲门——坑人到家了。

YUANLAIXIAOYEKEYI
ZHEMECHEDIA

50句心痛的话语，听了别太难过

★
红颜无罪，只是太美。

★
你忘了回忆，我忘了忘记。

★
碎了一地的诺言，拼凑不回的昨天。

★
深浅不一的印记，付之一笑的回忆。

★
最疼的疼是原谅，最黑的黑是绝望。

★
是你苍白了我的等待，讽刺了我的执着。

★
沿途的风景，我只能边走边忘。

★
如果我爱上你的笑容，要怎么收藏，要怎么去拥有？

★
他们都说失去以后才懂得珍惜，其实珍惜后的失去最痛。

★
我们始终都在练习微笑，终于变成不敢哭的人。

★
其实酒不醉人，只是在喝的时候想起了那不堪的过去。

★
记得，一个雨天，你说你会很疼我；现在，又下雨了，带走了我们所有的誓言。

华丽的转身、华丽的落泪,华丽地说:"不爱你。"

用最深刻的伤害,来表达最深刻的爱。

为什么牵过的手可以随便放空,那些温柔,被你带走。

有时候闭上眼睛,才能看见最干净的世界。

隔着泪眼看世界,整个世界都在哭。

你曾经给的那些名叫爱的东西早已灰飞烟灭。

明明知道那都是谎言,可是我还是会被感动。

曾经海枯石烂,抵不过好聚好散。

用生命去诠释你的逢场作戏。

★
一些记忆挥之不去,一些回忆抹杀不了。

★
你说时间会冲淡一切,距离会让我们好过些。

★
世界上最可怕的词不是分离,而是距离。

★
哭久了会累,也只是别人的以为。

★
我要怎样才能躲掉,命运的心血来潮。

★
我假装过去不重要,却发现自己办不到。

★
曾经以为你就是氧气,原来只是闹剧。

★
一个人害怕孤独,两个人害怕辜负。

★
明明是你做错,何必装作很难过。

★
不爱我,就别感动我。

★
我们之间,何止一颗心的距离。

★
烟花易冷人易分,而你却问我是否还在等。

★
原本以为最伟大的是友情,可就连友情都那么卑微。

★
我一个人的魅力,哪儿比得上你们两个人的甜蜜。

★
每一次的自欺欺人我都做得很完美。

★
昔日是我们,如今已是你我。

★
有一种结局叫命中注定,有一种心痛叫绵绵无期……

★ 习惯用那虚伪的笑,去掩盖内心的悲伤。

★ 人生,反反复复,自欺欺人。

★ 我心甘情愿地为你画地为牢,你却说你不需要。

★ 我的用心,你听不到。

★ 离不开是依赖,离开后是无奈。

★ 忘东忘西的我,一直忘不了你……

★ 人群冲散了我和你,以及那遥不可及的爱情。

★ 原来支离破碎这么简单。

为什么当我停止想你，会有窒息般的难受。

你总说我爱低头，那是因为，我不想让你看见，我为你傻傻地笑、为你狠狠地哭。

YUANLAIXIAOYEKEYI
ZHEMECHEDIA

童言无忌之爆笑篇,好可爱

妈妈叫皮皮起床:"快点起来!公鸡都叫好几遍了!"皮皮说:"公鸡叫和我有什么关系?我又不是母鸡!"

爸爸给女儿讲小时候经常挨饿的事,听完后,女儿两眼含泪,十分同情地问:"哦,爸爸,你是因为没饭吃才来我们家的吗?"

童童问妈妈:"为什么称蒋先生为'先人'?"妈妈说:"因为'先人'是对死去的人的一种称呼。"童童说:"那对去世的奶奶是不是要叫'鲜奶'?"

妈妈经常叮嘱小美:"穿裙子时不可以荡秋千,不然,会被小男孩看到里面的小内裤哦!"有一天,小美高兴地对妈妈说:"妈妈,今天我和小明比赛荡秋千,我赢了!"妈妈生气地说:"不是告诉过你吗?穿裙子时不要荡秋千!"小美骄傲地说:"可是我好聪明哦!我把里面的小内裤脱掉了,这样他就看不到我的小内裤了!"

女儿对肚脐很好奇,就问爸爸,爸爸把脐带是连着胎儿与母体的道理简单地讲了一下,说:"婴儿离开母体之后,医生把脐带剪断,并打了一个结,后来就成了肚脐。"女儿遗憾地说:"那医生为什么不打个蝴蝶结?"

父亲:"皮埃尔,今天不要上学了,昨晚你妈妈给你生了两个小弟弟。你给老师说一下就行了。"皮埃尔:"爸爸,我只说生了一个,另一个,我想留着下星期不想上学时再说。"

巴克老爹坐在公园的长椅上休息,有个小孩在他旁边站了很久,一直不走,巴克很奇怪,就问:"小天使,你为什么老站在这里?"小孩说:"这长椅刚刷过油漆,我想看看你站起来以后是什么样子。"

有个小男孩,有一天放学后,问他的妈妈:"妈妈,我到底是从

哪里来的？"妈妈觉得这个问题不好回答，但应该趁此机会教育孩子，就一本正经地以猫狗为例，支吾地谈及生殖的过程。"儿子听完后，一头雾水地说："怎么会这样？我的同桌说他是从山西来的！"

两岁半的女儿经常说一些可笑的话。一天看电视上非洲人跳舞，她突然问："妈妈，这个叔叔咋没洗脸呀？"

妈妈："皮埃尔，你想吃一块甜饼吗？"皮埃尔没反应，妈妈又问："皮埃尔，你想吃一块甜饼吗？"皮埃尔说："想吃，妈妈。"妈妈说："为什么非要我问你两遍呢？"皮埃尔："因为我想吃两块。"

小毛上幼儿园了，有一天，老师问："谁知道世界上有多少个国家啊？"小毛说："我知道！"老师说："那你说说都有哪些国家。"小毛说："有两个国家，就是中国和外国！"

小童在姑姑家吃饭，姑姑做了鱼给他吃。小童边吃边说："这鱼真好吃，要是不放刺就更好了！"

六岁的女儿认真且严肃地问道："妈妈，桌子到底有没有腿？"妈妈："当然有腿了，否则它如何立起来呢？"女儿："那它为什么不会走呢?"

我带小豆在城墙边玩,小豆忽然看见正在写生的小朋友。他看了他们半天,然后问我:"叔叔,他们一定很穷吧?他们这样画得多费劲啊,为什么不买台照相机呢?那该多方便呀!"

"妈妈,我是怎么长大的呀?"乐乐看着自己小时候的照片好奇地问。妈妈一听,教育的机会来了,就说:"你是妈妈一把屎一把尿喂大的。"乐乐一听就哭了:"你怎么给我吃这个呀?"呜——

晚上,爸爸妈妈正在放白天为弟弟拍摄的录像,弟弟进来看见了突然大叫:"盗版!"冲上去把电视关了,然后一本正经地拍自己的胸脯说:"不要看盗版,要看就要看正版的。"

宝宝两岁的时候,第一次和小姑姑去水族馆看海洋生物,姑姑问他水箱里是什么鱼,一律回答:"是红烧鱼。"

贝贝不小心把额头磕破了,妈妈给他涂了些紫药水。正在画画的赛儿看到了,问:"呀,谁画到你头上了?真是个坏蛋!"

家里吃包子，宝宝对爸爸说："给我一个包包！"爸爸对宝宝说："不要说包包，要说包子。"宝宝点头表示记住了。晚上宝宝忽然指着爸爸的胳膊说："爸爸，你的胳膊让蚊子咬了一个包子！"

同事的女儿不到三岁。有一天同事睡午觉醒来发现身边的孩子不见了，一转头看见小家伙坐在梳妆台前，拿她的化妆品抹了满脸，化了一个大红嘴唇，冲她妈妈龇牙一笑说："你看我是牛奶般白皙吗？"

我的小外甥很喜欢睡觉，一次睡到太阳照到他的脸。开始大叫："把灯关掉！把灯关掉！"告诉他是太阳后，又不耐烦地叫："把太阳关掉！"

同事有一个6岁的女儿，开始换牙了，同事带她拔完牙回到单位里，我问她："牙还疼不疼？"那小女孩的回答让旁边的一群人笑翻了："啊呀，牙齿被留在医院里了，我不知道它疼不疼啊！"

我外出上学，一个学期回去一次，回去后第一次去我姐家玩，小外甥女刚睡完午觉，见了我什么也不叫。全家人都说："舅舅最喜欢你了，快叫舅舅。"小家伙装听不见，死活就是不叫。于是我跟他们商量好假装不理她，大家在聊天，谁也不去问她。过了没一会儿，小

家伙蹭过来拉我的衣服,说:"舅舅啊!"我假装生气:"刚才不叫我,现在晚了!"她看起来很委屈的样子,说:"舅舅啊,刚才我还没睡醒,没认出你来……"我当场晕倒。

妈妈对女儿说:"你要听话。你每惹妈妈生气一次,妈妈就长一根白头发。"女儿茅塞顿开:"哦,难怪姥姥的头发全白了。"

有一天,儿子问妈妈:"妈妈,你说鸡蛋有营养还是鹌鹑蛋有营养呢?"妈妈边干活边说:"不知道。"儿子说:"我认为鹌鹑蛋有营养,因为浓缩的都是精华。"

一日,老师问幼儿园的宝宝:"宝宝,为什么你的头发是卷的呀?"宝宝一看,果然其他小朋友的头发都是直的,这是为啥呀?突然宝宝明白了,眨巴眨巴眼睛说:"老师,是我还在妈妈肚子里的时候,妈妈喝开水烫的。"

各种体育项目的逗人雷语

🔸 马术:马到并不一定能成功,一马当先玩出技术来才能赢。

🔸 跳水:无论是居高临下,还是急转直下,成功既可来自跳板,也可来自跳台。

🔸 游泳:只有力争上"游",奋力拼搏,才能在水中捞到金牌。

🔸 射箭:不仅要一"箭"钟情,还要"箭箭"穿心,这样才能夺得金牌。

🍃 吊环：奥运会若没有俺这两环，就是一个缺憾。

🍃 帆船：一帆风顺需要，但更需要的是勇往直前。

🍃 乒乓球：左三下，右三下，这边蹦蹦，那边跳跳，我们一起来做运动。

🍃 保龄球：郁闷透了，主人天天让俺滚，还让俺好好滚。

🍃 曲棍球：俺是球类中的挨打猫，你瞧瞧，哪个不是用了吃奶的劲往俺身上打。

🍃 链球：真好笑，既然用链子拴俺，干吗转了几圈后又把俺给甩出去呢？

🍃 高尔夫球：为啥俺个头不大，却成了贵族运动项目呢？告诉你吧，是因为俺姓高，高贵的高。

YUANLAIXIAOYEKEYI ZHEMECHEDIA

体育运动也搞笑！

伦敦奥运会上，一名德国女选手获得银牌，结果在终点被告知取消成绩，原因是她跑错跑道了。德国电视台全体动员，把全程的录像来回放了几遍，找不到任何证据。15分钟以后，裁判终于发现：犯规的是隔壁跑道上的那一位。

伦敦奥运会男子自行车公路赛现场，一名54岁英国男子正在观赛，却让警方以"面无表情"、"不像是在享受观看比赛的乐趣"以及"衣着不太得体"为由将其逮捕。在警察局，他经历了一系列的问讯，还被检查指纹、DNA，足足被关5个小时。随后警方表示，这仅仅是"一场误会"。原来，此人是一名帕金森病患者，肌肉僵硬是症状之一。

哥哥带着弟弟去参加学校的运动会。当接力赛开始时，弟弟问："前面那个人为什么跑得那么快？"哥哥答道："当然要快跑啦，你没有看见后面那个人正拿棍子追着要打他吗？"

100米：这项运动可用于帮MM打开水、打饭、买零食等，而且MM要虐待你时，亦可作溜之大吉之用，让MM直跺腿，紧握拳，不亦乐乎？

110米栏：和MM逛街或到野外登山观光时，就能派上用场。逛街时，MM要吃冰糕，马上以媲美刘翔的跨栏速度跨过垃圾桶、水果摊等，以迅雷不及掩耳之势买回冰糕；登山时更显神奇作用，以保护MM为由背着MM左跨右跨，越过草丛和小树，不但可观赏美景，且能感受温暖！

举重：以此加强自身臂力，虽不及花和尚手拔杨柳之强，但亦应学有小成，以便能适应MM个人专用搬运工这一光辉兼职的工作环境和工作条件。举重运动，用之于实践便是帮MM提大包小包，一次帮

MM提数十壶开水等。

马拉松：此项乃最重要的，先不说诸如要来一场马拉松式恋爱，以及通过马拉松锻炼体质以保证有旺盛的精力应付MM等等，光是MM要你陪她逛商场这一条，如果不练好马拉松这项标准好男人最有前途的运动，就很有可能落得个两腿灌铅、气喘如牛的惨淡境地。

撑竿跳：当和MM感情不是很让人看好的时候，且又遇上MM要杀人的眼神以及已经抡起的粉拳，可以借助身旁高物（诸如电线杆、路标、小树等等）施展撑竿跳绝技来避难；和MM打得火热而MM之严父又不让你见她时，可以来到她窗下，用早已准备好的竿子一跳，二楼三楼的高度自不在话下，相信MM定会为你天神般降临喜极而泣。

某次奥运会期间，某国的举重运动员在参加52公斤级比赛前测体重，超过比赛级别的规定。怎么办呢？该国教练拿来理发推子，给运动员剃了个光头。教练又用毛巾使劲擦其全身，将身上的泥去掉。有的队员对他说："你哭呀，流出一些眼泪，体重就变轻了。"推成光头，搓了泥，哭了哭，体重还是没达到标准，再检查秤，原来秤坏了！

学校开运动会，由于班里男生少，于是体育委员千方百计拉人参加。离谱的是，一个重达两百斤的舍友被指定去参加三级跳远比赛。

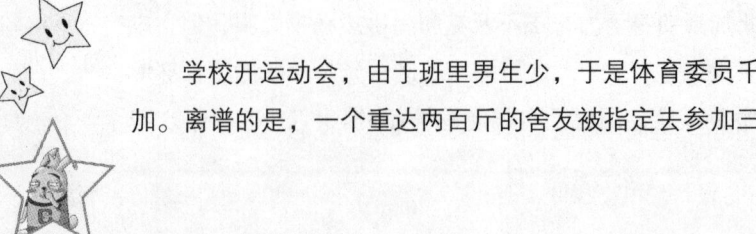

我们知道后,大为惊讶,纷纷质疑道:"这么胖,能不能跳进坑里啊?"舍友胸有成竹地说道:"不用担心!像我这样的,跳到哪里,哪里就是坑!"

马上就要召开校运动会了,俺们班的体委来寝室动员大家参加。第二次来的时候,体委左动员右动员,我实在不好意思了,就看了看报名表,发现有个叫××的报了1500米。我就说,明天我就去找××跑一下1500米,跑过他我就报,跑不过就算了!

体委愣了一下,说:"那我就不去跑了……"

这才想起来,体委就叫××……

校运动会上4×100米接力赛,我跑最后一棒。随着裁判的枪声,健儿们像脱缰的野马一样狂奔出去,接力棒一传再传,终于快轮到我了,只见我那队友,两眼翻白,口吐白沫,濒临崩溃的时候,把接力棒交出去了。(4×100米是按跑道的,外圈的比内圈的站得靠前,我是在中间,所以有比我靠后的在旁边)他的棒子是交出去了,不过没交到我手上,交给我旁边那哥们儿了(他站得比我靠后,离传棒的人比较近)。要命的是那哥们儿不知紧张还是怎么,拿了接力棒就没命地跑,我愣了一下后,狂追上去。在半路追上了,于是抢他手里的棒,他还不给,于是我们一边抢,一边跑,终于,在最后出现了校运会上和谐的一幕:两运动健儿,心相连,同执一接力棒,一起冲向美好的明天……

吉姆说:"我的体质越来越差了。"

妻子挖苦:"野猪可以活50年,家猪只能活5年;野狗能活20年,家犬只有8年寿命。生命在于运动,谁叫你一天到晚像乌龟一样缩着不动。"

吉姆反问:"那么,亲爱的请问,乌龟可以活多少年?"

情书笑话,关于情书的爱情笑话集

我已经暗恋她两年了,可是始终没有勇气向她表白。在朋友的鼓励下,我终于写了一份充满爱意的情书。可是,几次见到她,那只紧握情书的手总是无法从口袋里拿出来。就这样,浪费了好几次机会,情书已变得皱皱巴巴。

终于有一天,不知是哪儿来的勇气,我一见到她,便把那封皱巴巴的情书塞进她手里,然后慌忙走开。

第二天,她打来电话,说要跟我见面。心情既兴奋又紧张,昏暗的路灯下我们见面了。她看着忐忑不安的我,问道:"昨天你塞给我一百块钱干吗?"

新婚之夜，新娘问新郎："亲爱的，你当初怎么想到要追求我？"新郎说："当时我给我所有认识的女孩都写了一封情书，只有你一个人回信。"

"我真想不出在我妻子生日那天送给她一件什么礼物最好，这礼物既不能很贵又能使她非常高兴。"

"给她写一封匿名情书。"

地理老师写道："你是东半球，我是西半球。我们在一起，便是整个地球了。"

对方回信："如果这样的话，地球上不就只剩下我们这孤独的一对了吗？"

历史老师写道："现实是今天，历史是昨天，我们相爱，昨天和今天便天然地接在一起了。"

对方回信："只有昨天、今天而没有明天，我们活着还有什么意义呢？"

数学老师写道："亲爱的，你是正数，我便是负数，我们都是有理数，该是天生的一对啊。"

对方回信："亲爱的，如果结婚后我做出了无理的事，也还是有

理的吧?"

哲学老师如此求婚:"芳芳,你是存在,我是意识,根据唯物论的原理,存在决定意识,我愿永远做你忠实的仆人。"

对方答复:"根据辩证法的原理,在一定条件下,意识对存在有反作用,一旦我们结了婚,你便成了主宰我的皇帝。"

语文老师写信更动人:"倩倩,你是夏夜的星,你是春天的云,你是潺潺的小溪,你是溪边柳条枝上的百灵,你是轻盈的舞步,你是悦耳的歌声……"

倩倩回信说:"我的天啊,你唯独不爱我这个人。"

物理老师的情书写得更妙:"你是阴极,我是阳极,我们结合便能产生爱情的电!"

对方吓坏了,回复:"请走开!我不敢靠近你,我怕触电身亡。"

生物老师的情书独具一格:"人是富有感情的高等动物。我大胆地向你求爱,你一定会接受我的爱,因为我们都是地球上最高等的动物。"

他收到这样的回信:"我劝你把求爱的信寄到动物园去!"

YUANLAIXIAOYEKEYI
ZHEMECHEDIA

医生与病人的经典笑话

医生:"去给那位今天要出院的病人注射一针镇静剂。"
护士不解:"都可以出院了,还打镇静剂干吗?"
医生:"等下要结账,我怕他受不了!"

医生:"你的血压很高。"
阿呆:"这肯定是钓鱼引起的。"
医生大惑:"钓鱼会使血压升高?"
阿呆:"不是,昨天我在禁钓区钓的鱼!"

外科医生不满地对病人说："老实交代，你每天到底喝多少酒？"

病人："4瓶啤酒。"

外科医生："我不是告诫过你，每天只允许你喝两瓶啤酒吗？"

病人："是的，但是内科医生也允许我每天喝两瓶啤酒哇！"

病人到医院去看病，医生告诉病人要他以后少抽点烟，少喝点酒。病人照做了，可是复查的时候病却更重了。医生说那你以后别抽烟，也别喝酒了，病人说："我以前就不抽烟，也不喝酒呀！"

牙医诊室传来一阵惨叫声，小孩的妈妈急忙冲进去，责怪牙医："你不是刚答应我，绝不会弄痛我儿子吗？"

牙医很委屈："痛死我了！还没开始呢，他就咬我！"

医生："您已90高龄，身体功能逐渐退化，您右脚的毛病不可能恢复得像以前一样。"

老先生不服："但是，我左脚好得很，它也90高龄了啊！"

病人："大夫，我的手动过手术后能弹钢琴吗？"

医生："当然可以。"

病人："那好，之前我是不能弹钢琴的……"

患者说："我昨晚做了个梦,梦见自己是头牛在吃草。"

医生说："你放心,这很正常,每个人都会梦到,梦境和现实是不一样的。"

只见那位患者很紧张地说："可是,可是我起床时发现我床上的草席不见了一半!"

一只野鸭飞过,内科医生举枪瞄准,但没扣动扳机,外科医生惊讶地问："为何不开枪?"

内科医生道："你怎能确定那是野鸭?也许是另一种鸟!"

另一只野鸭飞过,精神科医生举枪瞄准,可是也没有扣动扳机。外科医生问："怎么回事?"

精神科医生问道："野鸭知道自己是野鸭吗?"

另一只野鸭飞过,外科医生从精神科医生手中抢过枪来开了一枪,内科医生和精神科医生问道："你肯定那是野鸭吗?"

外科医生笑道："回去解剖就知道了!"

张三的胃病相当严重,必须动手术切除。于是他请城里最好的医师为他动了手术。当麻醉的药性过了以后,医师前来巡房检查,殷勤地问他:"你觉得怎么样?"

张三不解地说:"肚子还好,可是喉咙却很痛,这是什么原因?"

医师得意地回答:"你先别紧张。我告诉你,当我为你动手术时,碰巧全省各大医学院的高才生前来观摩,你知道这项手术十分麻烦,但是我却完成得很好,所以,这次的手术可说是十全十美。当我

做好缝合手术时,全场掌声如雷,大家都叫'再来一个',所以我只好将你的扁桃腺也割了。"

牙科医生约翰每次给病人动手术前总要同他们谈一会儿话,尽可能解除他们的紧张感。有一次,他同一位当警察的病人谈了几句后,便问他是否有什么问题。"我只有一个问题,"警察不安地说,"我从没给过你罚款单吧?"

有一个牙科医生,第一次给病人拔牙,非常紧张。他刚把臼齿拔下来,不料手一抖,没有夹住,于是,牙齿掉进了病人的喉咙。"非常抱歉。"医生说,"你的病已不在我的职责范围内,你应该去找喉科医生。"当这个病人找到喉科医生时,他的牙齿掉得更深了,喉科医生给他做了检查。"非常抱歉,"医生说,"你的病已不在我的职责范围内,你应该去找胃病专家。"胃病专家用X光为病人检查后说:"非常抱歉,牙齿已掉到你的肠子里了,你应该去找肠病专家。"肠病专家同样做了X光检查后说:"非常抱歉,牙齿已不在肠子里,它肯定掉到更深的地方了,你应该去找肛门科专家。"最后,病人趴在肛门科医生的检查台上,医生用内窥镜检查了一番,然后吃惊地叫道:"啊,天啊!你的这里长了颗牙齿,应该去找牙科医生。"

牙科医生:"你能不能帮帮忙惨叫几声?候诊室里还有那么多病人,我怕赶不及四点钟去看球赛。"

老王进入不惑之年，他越发觉得自己的耳朵不管用了，因此，他到医院求诊。

老王："医生，我的耳朵越来越不行了，最近我连自己放屁的声音都听不到了。"

医生："你服用这药看看，情况可能好转。"

老王："吃这个药我的耳病就能痊愈吗？"

医生："那可能没办法，但是可以让你的屁声大一点儿。"

躺在手术台上的患者，不安地对年轻的医生说："我很害怕啊，这是我平生头一回开刀。"医生安慰道："别怕，有我做伴呢！我也是平生头一回开刀呀。"

一个男人得了棒球执着病，心理医生正为他治疗。"事情坏透了，我完全睡不着觉。一合眼我就看见自己成为投手，或者满场跑垒，这样我起床时比上床时更疲惫不堪。我该怎么办？"患者说。

"你为什么不试着幻想拥抱着一个美丽的姑娘？"医生说。

"你疯了吗？那我怎么击球？"

年轻的实习医生向主治医生请教："您为什么在诊断时，总忘不了问病人用餐经常吃什么？"

主治医生笑答："这是极其重要的，根据病人的食谱，我可以判断能向他收多少医疗费。"

爆笑公交车地铁笑话

上海地铁安检日趋繁琐。有一天,一个男孩子背着双肩包过安检。保安叫道:"古来内桑几包过一过!"此时只见后面的中年妇女一边咕哝着:"现在哪能嘎严格……"一边默默地把刚咬了一口的生煎包放到了传送带上。

乘公车刷交通卡时,系统会发出"2元"的声音。
上次我看到一个老头,在我后面,我刷了一下之后,系统自动发出"2元"的声音。
后面的老头不知道随便拿了个什么卡,刷了一下,自己说了一

声:"2元。"后来司机就说,你说没用的,拿公交卡出来刷!要么付钱!

上班的时间地铁里特别挤。有一天,一个四十几岁的男人一定要挤进来,挤不进来还倒退两步,然后狂奔冲进来,他说这是助跑。

我同学在地铁1号线上给人让座,人家说不坐,我是讨饭的,我要走动……

轻轨上海火车站,早上有卖地铁报的。我看到一个女的门一开冲出去拿了一份报纸又冲回来,速度真快!

某个星期一的早晨,前面座位上的一个小男生(我站着的,小男生估计上高中或大一),一开始坐得挺好的,快要到终点站的时候,他突然从包里摸出来一块绿油油的小镜子,然后左照右照,照完又摸出不知是一管粉底液还是遮瑕膏,开始给他脸上的小痘痘们遮瑕……
一个个遮过来,完全无视边上人研究的眼光!

一个很胖的女人上了公交车,找不到座位,只能拉着车上的拉环。不料司机一个急刹车,胖女人把拉环拉断了,并一下子扑到了司机面前。司机看着她和她手上的拉环,没好气地说:"集满三个,送

司机签名照一张!"

公交车在等红灯时,一个男子叫道:"司机,开一下门,我要下车。"

"这里是站牌吗?"司机怒道。

"就因为这里不是站牌我才跟你说一声。"

司机无语。

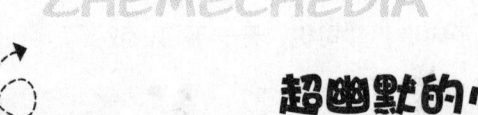

超幽默的小孩老公老婆笑话

1.

小明总是睡懒觉。有一天，小明妈妈批评他说："你看隔壁小华每天天还没亮就起床了，你就不能早起一点？"小明理直气壮地回答："妈妈！我跟他不一样，人家小华崇拜的偶像是黎明！我的偶像是作家卧龙生。"

2.

爸爸："儿子，你已经4岁了，我想把你送到幼儿园去全托。"

儿子："不行。"

爸爸："为什么？"

儿子："我怕羞，再说全脱也容易感冒。"

3.

一日，我正在批评6岁的女儿作业写得不好。

老婆进来："把这个瓶盖打开！"

我故意拿一把道："看着小的，还要照顾大的，幸亏家里就两个女人。"

老婆愤愤道："我每天回家后就没闲着过，挣钱还比你多！"

我问心有愧，无可奈何地说："就当是你花钱买我回家吃闲饭的好了。"

老婆得理不让人地说："还不如当初买个更好的。"

女儿高声插嘴："就是，妈妈，以后打折的东西不能买！"

4.

舅舅："比格这次历史考试考得怎么样？"

母亲："成绩很不理想。可这也不能怪他，试题问的全是这可怜的孩子出生以前的事情。"

5.

爸爸想教育一下小明，对小明说："你注意了没有？闪电老是在雷声之前。"

小明："我早就注意到了，眼睛不都是长在耳朵的前面吗？"

6.

爸爸一脸严肃地问儿子："你们张老师说你一上他的课就逃课，怎么回事？"

儿子："他……他经常罚我跑操场，下课了才让我回教室，我想待在教室看书他都不让。"

爸爸顿时火冒三丈："居然有这种老师，我现在就去找他，他教什么的？"

儿子支支吾吾地说道："体……体育。"

7.

儿子在做作业，他问我："爸爸，'四书'除了《论语》，剩下的三个是什么啊？"

我告诉他说："是《孟子》、《中庸》、《大学》。"

"哦。"他又问，"《孟子》是哪两个字啊？"

我答："就是亚圣孟子的那个孟子。"

他又问《中庸》怎么写，我也告诉他了。

最后他问我："《大学》是哪个大学？"

我随口告诉他："就是你想上的那个大学。"他点点头写上了。

等他做完作业，我检查的时候发现，"四书"他写的是：《论语》、《孟子》、《中庸》和《清华》。

夫妻间8句绝妙情爱语言笑话

老婆对老公说:"我真不明白,追求我的所有人里,哪个都比你有钱,可是我为什么偏偏鬼迷心窍喜欢你呢?"老公说:"那是因为穷人比富人更会关心女人,至少更关心女人的身材,跟着我,你永远都用不着为腰围发愁。"

老婆:"要是哪一天我万一发胖了怎么办?"老公:"那我就当是进入了时间隧道,回到了以胖为美的唐朝啦。"

老婆:"你比我大九岁,年龄相差也太悬殊了。"老公:"那更好,我要是不比你老,还没有人给你提供嘲笑资源呢。"

女:"你的长相也太惨了点儿。"男:"那正是我比帅哥更优越的地方,帅哥只会用时髦的衣服和靓丽的肤色跟你争夺美名,而我却永远一身布衣,甘做你的陪衬,让人家看到,还以为我是你的司机呢。"

有人问老公:"结婚前后,女人什么地方发生变化最大?"老公说:"视力。婚前女人把男人看成开心果,可是婚后却总是这不满那不满的,觉得婚前的日子像无花果一样白过了,殊不知,无花果比开心果更甜。"

老公跟老婆说:"以前我觉得自己是大力水手,而爱情是菠菜,一吃菠菜就力大无穷。现在我才发现,当初看走了眼,爱情只是棵空心菜而已。""然而空心菜看着跟菠菜差不多,味道一点也不比菠菜差。"老婆说。

"跟你一起生活,比开三个公司还累。"老公抱怨道。"哪三个公司?"老婆问。"以前是鲜花公司,后来是送餐公司,最后都成道歉公司了。"

老婆经常怀念他们相识的那段时光,于是问老公:"你怎么看我们的相识?"老公说:"认识你就像误入了一家正在促销的商场,明知是虚假广告,却禁不住诱惑。"

小学生造句及作文中的搞笑句子

★

老师叫用"更……更……更……"造句。我同学写道:"安尔乐卫生巾更干、更爽、更安心。"

★

老师要求写一篇介绍老师的外貌的作文。作文中有一句应该是"老师有一张瓜子脸",我误写成"老师有一张爪子脸"。我们语文老师差点没疯掉。

★

我和同学一起骑车出门玩,他的气门芯坏了,我就把我的拔下来给他装上,我俩一起高高兴兴骑车回家了。

★

老师要求我就运动会写一篇观感，我写道："运动会100米终于开始了，同学们像一只只脱缰的野狗奔了出去。"

★

老师让我写一篇关于解放军叔叔的作文，我写道："解放军叔叔一个个匍匐前进，就像一条条绿色的青虫在地上蠕动。"

★

长城长啊长，真长。

★

我上小学的时候，那时的作文很习惯写好人好事。于是老是有人写捡到钱。于是，有人为了夸大自己的功绩，写在公园捡到1亿元，都是10元人民币的，厚度有一本语文书（四年级的）那么厚，老师当场念出来，那同学估计是巨寒。

★

老大娘拿出四张500元的人民币。

★

"我有个同学，他长得不高也不矮，在1米76以上，1米78以下……"我初中同学的作品……

★

经典句子，每人都写过："今天天气真好，晴空万里，天上飘着朵朵白云……"

小学老师出半命题作文:"我的XXX"随便写人写物,结果我们班同学作文题目:《我的战友邱少云》。

我小的时候写日记,老师规定要200字以上,当时四人一组,由小组长检查字数,我同组的一位仁兄写道:"今天妈妈让我出去买菜,我问多少钱一斤,卖菜的说5分,我说:'真便宜呀真便宜,真便宜呀真便宜……'"组长数了数还差4个字,于是仁兄又在后面加了一句"真便宜呀"。

我的老师长得有点胖,头大大的,眼睛大大的,鼻子大大的,连嘴巴也是大大的。……老师对人很和蔼,他戴着一副变色眼镜,就好比是一只大熊猫一样……

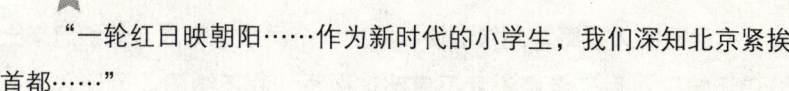

"一轮红日映朝阳……作为新时代的小学生,我们深知北京紧挨首都……"

大家还记得小学时候的《小蝌蚪找妈妈》吗?当时老师让我们模仿这个写一篇作文……有个同学是这样写的:"我的妈妈雪白的肚皮,鼓鼓的眼睛……"

在一个伸手不见五指的晚上,池塘的蝌蚪在晒太阳!

★
日记。
第一天:今天我到妈妈单位玩,玩得好高兴呢。
第二天:昨天我到妈妈单位玩,玩得好高兴呢。
第三天:今天我又想起前天我到妈妈单位,玩得很高兴。

★
同学的名句:天上大雁mie mie(咩咩)地飞过;圆圆的月亮像弯弓。

★
老师要求我们用"果然"这词来造句,我那同桌就写:"我三个月没洗澡,身上果然臭了。"

小学时听人说野驴跑得最快,就把一个同学比喻成"他跑起来比野驴还快"。后来老师说我不应该这么写,我还纳闷,为什么不行啊……

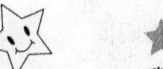
我走进了一家百货商店,啊,看来人民生活水平的确提高了,你看那位农民老大爷,左手一台电冰箱,右手一台电视机,一溜小跑。

YUANLAIXIAOYEKEYI
ZHEMECHEDIA

世上最天真无邪的幽默

问题一:"如果有一天大海里没有水了,鱼怎么办呢?"

小朋友A:"鱼到小河里去呗。(想了想,继续……)哦,不行,那鲸鱼怎么办?太大了,进不去。"(真体贴啊!)

小朋友B:"变化石呗。"(鱼们狂吐血……)

问题二:"牛奶是从哪里来的?"

小朋友A:"奶牛肚子下面有几个嘴,从那里流出来的。"

继续问:"那椰奶怎么来的?"

小朋友B:"椰奶是羊奶吧。"

继续问到底："羊奶是什么？"

小朋友B："羊奶就是酸奶吧，我们家不喝的，我们家订的是光明牛奶。"

问题三："小朋友的脸是干吗用的？"

小朋友A："给妈妈亲的。"

追问："那给不给爸爸亲？"

小朋友A："给爸爸亲。"

继续追问："那你的脸到底是给谁亲的？"

小朋友A："给妈妈亲的。"

小朋友B："贴纸片用的。"

问题四："为什么小孩子是从妈妈肚子里出来的，不是从爸爸肚子里出来的？"

小朋友A："女孩子是从妈妈肚子里出来的，男孩子是从爸爸肚子里出来的。"

小男孩B："因为男生可爱！"（小女孩们一起叫：男生不可爱！）

问题五："小朋友的头发有什么用？"

小女孩A："用来梳头发的。"

提问小男孩B："那你的头发不能扎辫子，有什么用呢？"

小朋友B："用来给理发店剃头的。"（可贵的奉献精神！）

问题六："人为什么只有两条腿？"

小朋友A："因为我们不是动物。"（鸭子难道是四条腿？）

小朋友B："人长不出四条腿。"（这是上天的安排，最大！）

小朋友C：（自己大笑）"长四条腿就要打架了。"

追问："可是狗狗长了四条腿跑得很快啊？"

小朋友C：（发呆）……（众小朋友纷纷大叫：我比狗跑得快！）

问题七："怎样才能让胖子马上瘦下来？"

小朋友A："吃减肥饼干。"（还算聪明！）

追问："吃减肥饼干不能立即瘦，怎样才能一下子变瘦？"

小朋友A："那不吃减肥饼干。"（你耍我？）

问题八："为什么有的气球会飞到天上去？"

小朋友A："因为它有气。"（没气能叫气球吗？）

追问："那为什么有的气球不能飞上天？"

小朋友A："因为里面气太少。"

问题九："什么动物两只脚，早上太阳公公起来的时候，它会叫你起床？"

小朋友A:"鸡,公鸡。"(另一个小孩叫道:"父鸡。")

很好奇地问:"什么叫父鸡?"

小朋友:"母鸡叫母鸡,公鸡就叫父鸡。"(恍然大悟……)

小朋友B:"妈妈。"

小朋友C:"太阳。"(汗……太阳它不是动物啊!)

继续问:"太阳长脚吗?"

小朋友C:"太阳有五只脚。"(另一个小孩反驳:"七只,彩虹是七种颜色的!")

问题十:"什么叫七嘴八舌?"

小朋友A:"就是七个嘴巴,八个舌头,说话很乱。"(有道理!)又补充道:"我们现在就是七嘴八舌。"(还是有自知之明的!)

小朋友B:"变出很多个舌头。"(好可怕……)

问题十一:"怎么分辨男女?"

小朋友A:"看头发,长头发的是女孩,短头发的是男孩。"(旁边一个短头发女孩泪奔……)

小朋友B:"看衣服,穿裙子是女孩,穿短裤是男孩。"(从小妈妈教育得好。)

小朋友C:"看他(她)穿什么袜子,红的是女生,蓝的是男生。"(好纯情……)

小朋友D:"看眼神。"(好飘忽……)

问题十二:"如果朝鱼塘里扔块石头,会发生什么现象?"

小朋友A:"水会变成波波。"(……)

小朋友B:"鱼会漂上来。"(渔民很开心……)

小朋友C:"罚款五块。"(汗……)

问题十三:"汤山为什么叫汤山?"

小朋友A:"因为是喝汤的山。"(还真是望文生义啊……)

小朋友B:"汤山是个温泉,洗澡的地方。"(答非所问……)

小朋友C:"下面很烫,所以叫汤山呗。"(汗……原来是烫山……)

小朋友D:"汤山是谁?"(……)

问题十四:"有个老爷爷丢了一匹马,你认为马还会回来吗?"

小朋友A:"不会,因为马在路上玩呢。"(贪玩的马……)

小朋友B:"不会,马它不会看年轮。"(没见过马走路还要看年轮的……)

小朋友C:"不会,马去和别的马结婚了。"(还真是个浪漫的小孩……)

小朋友D:"不会,老爷爷对那马不好,马去找新主人了。"(……)

问题十五:"医院里发药的阿姨为什么要戴口罩?"

小朋友A:"因为院长怕她们偷吃。"(难道药好吃?)

立即有个小朋友抢着说道:"那些拿手术刀的叔叔戴口罩是不是怕他们聚餐啊?"(晕……)

小朋友B:"因为要讲卫生,怕口水流下来。"(戴口罩原来是不让口水流下来啊……)

问题十六:"可口可乐和百事可乐有什么不一样?"

小朋友A:"名字不一样。"(这个连火星人都知道啊!)

小朋友B:"可口可乐的罐子是红的,百事可乐是蓝色的。"(我知道你不是色盲啦,乖——)

小朋友C:"百事可乐有周杰伦,可口可乐有香草(口味)。"

小朋友D:"可口可乐是酸酸的,喝了鼻子会冒气!"

问题十七:"为什么地铁要在地底下开呢?"

小朋友A:"因为地铁有个'地'字,所以要在地下开。"(我就猜到有人会这么回答……)

小朋友B:"地铁没有轮子,不能在地上开。"(真的没有轮子吗?)

问题十八:"世界上是先有鸡还是先有蛋?"

小朋友A:"先有蛋。"

问:"没有鸡的话,蛋从哪里来呢?"

小朋友A:"……"

小朋友B:"先有母鸡,然后下蛋。"

小朋友C:"一共有30只蛋!"

惊讶:"啥?30只蛋,没听错吧?"

小朋友C:"因为有2只老母鸡,每个下了15个蛋,所以有30个!"(小朋友您好神啊!)

问题十九:"4月1日是什么节?"

小朋友A:"母亲节。"

小朋友B:"妇女节。"

提醒:"妇女节是3月8号啦。"

小朋友B:"那就是植树节!"

忍不住了:"愚人节是几月几号?"

小朋友C:"是1月8号!"(这个……)

小朋友D:"我知道了,4月1号是司机叔叔过节!"(你是怎么想出来的,好奇中……)

问题二十:"怎么样才能变漂亮?"

小朋友A:"贴黄瓜,我妈妈天天在家贴。"

小朋友B:"贴木瓜,我阿姨老是贴。"

小朋友C:"贴鸡蛋!"(难度真大……)

小朋友D:"贴土豆,我奶奶给我贴过手。"

小男孩E:"我贴过芒果皮!"(那是你瞎折腾的吧?)

YUANLAIXIAOYEKEYI
ZHEMECHEDIA

超冷气死老师的校园笑话

高数课上,老师在黑板上奋笔疾书,底下闹成一片。老师忍无可忍:"同学们声音小一点儿!"一个同学说:"老师,慢慢你就习惯啦!"老师无语。

高中全校必须穿校服,有一复读的学生从来都不穿。一日,老师看到此同学没穿校服,问其为什么不穿,此同学大怒,说:"我妈又没死,为什么要穿孝服!"老师气倒。

老师拖堂："最后我还要讲一点……"后排一个男生接口大声道："强扭的瓜不甜！"全场寂静。老师脸铁青："下课！"

记得初中做几何题，数学老师狂怒，拿两个本子砸到讲台上："XX、XXX你们俩的答案怎么是一样的？"只听下面小声道："英雄所见略同。"

某天连上两节政治课，第一节下课之后没人擦黑板，第二节课时政治老师看到，很生气地问："值日生怎么不擦黑板？"这时一个很理直气壮的声音说："谁污染谁治理！"全班大笑。

高三时，几何老师一日在课堂上说："我在市教育局都很受重视的，他们总是请我去一起研究问题，每次都是车接车送。"一同学道："三轮吗？"结果，他从此被禁止上几何课。

高中的时候，第一次上劳动课，老师是个老头，自我介绍说："我叫吴树山。"一同学马上接道："西北望长安，可怜无数山。"全班爆笑，老师面色铁青，该同学被罚干重活。

语文课，老师叫起一个正在昏睡的同学回答问题，该同学迷迷糊

糊啥也说不出。老师说:"你会不会呀?不会也吱一声啊!"该同学:"吱——"老师流汗……

我们班的一个女孩在后排听随身听,耳朵戴着耳机,所以说话声很大,对她同桌说:"老师过来时告诉我一声。"几乎所有同学都听到了。老师也不例外,看看那位同学,然后说:"我不过去了!"

一次学校开联欢会,我们老师,一个六十多的老太太,让出节目。同学就起哄:"老师也出个节目,跳个舞。"一个男生叫道:"跳个钢管舞!"老师不懂钢管舞的意思,以为要让她跳,忙说:"我老了,不行了,年轻的时候还可以,大家……"

我们高中时候快会考了,上的是地理课,老师在上面报一个地名我们就在下面回答矿产。说了很多地方,老师突然问了一句:"江南产什么?"全班男生齐声回答:"江南产美女!"

坐在最后一排睡觉,旁边即是教室后门,每次下课,都是同桌把我叫醒,然后我径直走出教室沐浴阳光。某节课中,老师破天荒地叫我回答问题,酣睡中被同桌叫醒,我起身即推门走出教室,五分钟后,我在教室外感觉环境异样,随即快步赶回教室,全体同学作惊恐状。

YUANLAIXIAOYEKEYI ZHEMECHEDIA

搞笑雷人的俏皮俗语

爱你爱得心太累，想你想得心陶醉，一天不见就无味。

我是兔子你是菜，你是萝卜我最爱。

爱是错，不爱还是错，爱与不爱都是错，那我就要错上加错。

遇见你纯属天意，爱上你一心一意，苦恋你从无悔意，想念你让我失意，得到你我才满意。

破锅自有破锅盖,丑鬼自有丑女爱,只要情深意似海,麻子也能放光彩。

我用我的痴心,换取你的真心;我把我的爱心,送给我的知心;不要对我无心,与我永结同心。

一别之后,二地思念,只是说三四分钟,又谁知五六小时,七颗心像挑水,八行书无可传,九九长寿人间有,十里长亭我爱你!

你灵气,我傻气;你秀气,我土气;你香气,我酒气;你生气,我受气。一切只为你满意。

想你想得睡不着觉,念你念得心怦怦直跳;恋你恋得鬼迷心窍,爱你爱得肉直往下掉!

你是我的爱,我的心与你同在;你的心跳连着我的血脉,你的步伐是我生命的节拍;即使所有的相思都化作尘埃,我也永不言败。

你帅得发呆,你乖得可爱;你对我最坏,你是我的最爱。

爱你的长处，了解你的短处，随时准备原谅你的错处。

给你一缕阳光你便灿烂，给你一滴海水你就浪漫，给你一丝朝雾你就弥漫，给你一个微笑你就迷乱。

遇见你是无意，认识你是天意，想着你是情意；不见你时三心二意，见到你便一心一意；如果某天有了退意，至少还有回忆。

咖啡加伴侣，椰汁西米露，就像你和我，完美的绝配！

玫瑰，你的；巧克力，你的；钻戒，你的；你，我的。

本人长得丑是丑，不过爱情路上挺抢手，你一来，她一来，对面的女孩看过来。

你是我的巧克力，我是你的朱古力，见到你啊多美丽，想你想到没力气。

白天有你就有梦，夜晚有梦就有你。你要好好照顾你自己，不要感冒流鼻涕；要是偶尔打喷嚏，那就代表我想你！

我很瘦，体重只有47公斤。我对你的爱也只有47公斤。可是，那却是我的全部啊！

爱情是上网，你下载了我，我就跟定了你！可是我害怕你突然死机，为了安全，买个电源吧！

青青河边草，爱你爱到老；野火烧不尽，明天会更好。

亲爱的，你知道吗？当我们相视而坐的时候，那一刻是世界上最美的瞬间，就算给我个村长我也不当！

别看我皱，浑身是肌肉；别看我肥，满脸放光辉。

人生之路多坎坷，摔个跟头别难过，爬起来，弹弹土，前方就是一片乐土。

每天早晨仍依旧,历历往事记心头;时光流逝岁月增,你我依然情深厚!

你在天上飞呀飞,我在地上追呀追!你在水里游呀游,我在岸上瞅呀瞅。虽然我很黑,但是我的魅力放光辉!

你饿了吗?——我是面包!你冷了吗?——我是蒙古包!你生气了吗?——我是沙包!

被你牵着手,慢慢随你走,千年一回首,你依旧牵我手。

一日不见低下头,两日不见愁更愁,三日不见要跳楼。

YUANLAIXIAOYEKEYI
ZHEMECHEDIA

几件生活里爆强的小笑话

 某偏僻落后的山村准备安装电灯,电要从三十里外的镇上接过来。村里有些人为此提出了反对意见:"天啊!每天晚上等它从那么远走来,起码要半夜才能到,那时我们都已经睡着了,还点什么电灯!"

"你现在在哪儿工作?"
"邮局。"
"哦,具体做什么工作?"
"操作邮戳机。"

"枯燥吗？"

"一点儿也不枯燥，我每天都要变换日期！"

和哥们儿开车去办事，在路口碰到警察，由于没系安全带被警察叫过去了。警察说不系安全带罚款五十，哥们听到要罚款忙跟警察解释道："同志，不好意思啊，中午喝了点酒忘记系安全带了！"

一位杂技演员在表演硬功夫，他用牙齿咬住一匹马的缰绳，能把马拉得倒着走，观众无不称奇。这时，一位老先生说："我活了这么大年纪，总算亲眼看见了'悬牙勒马'！"

中午老婆开车10分钟来到我公司楼下，请我吃了一顿40元的午餐，把找回的10元钱放到我的钱包里让我自己买点零食吃，顺手拿走了我的工资卡。我就知道，这从一开始就是个阴谋！

前去参加朋友婚礼，但出门忘记带钱。到了酒店门口找到穿婚纱正在招呼来宾的朋友，对她说："赶紧借我200块钱给你包个红包。"结果她借了我1000。

一只麻雀问另一只正在开车的麻雀："兄弟，你便秘三天了，谷子在你肚子里都要发酵了。"开车的麻雀也开始担心了："谷子发酵就变成酒了，碰上交警咱可就完了。"

中午的时候，跟一个朋友吃饭，那哥们儿问了一句："为什么有东京、南京、北京却没有西京……"当我还在思索的时候，隔壁桌上一个小男孩问他妈妈："西经不是被唐僧取走了吗？"我俩顿悟啊！

"妈，别劝我了，我已经回不了头了……"
"儿啊，为什么一夜之间你会变成这样？"
"我落枕了！"

一男发浪漫短信给女友："你在干吗？在做梦吗？把梦传给我；在笑吗？把笑发过来；在哭吗？把泪水传过来，让你的眼泪和我一起悲伤。"
女友回复："我在便便。"

一个老人刚到老人院，走去和别人搭讪："你的头发挺漂亮的，哪里剪的？"
那老人脱下假发，怒道："你的才是捡的，我买的！我买的！"

小时候有一次在饭店吃饭，吃完后有抽奖活动。当时我从抽奖箱里拿出纸条，大声念道："哇！啤酒10斤！"然后，饭店的服务员在

一旁冷冷地纠正我说道:"是啤酒1听……"

一朋友炫耀自己多小就开始有男生送花,几岁谈了几个朋友等。另一朋友没什么可说的,于是,她说:"小学一年级刚入学便有两位学长为了我打架。就在校门前,一个认为我是女的,一个认为我是男的,打得天翻地覆……"

同学的儿子叫周一航,小名叫航航。航航上小学后班里的妈妈们建了个群,都是以某某妈妈命名,航航爸爸看了之后说:"你不应该叫航航妈妈,应该叫航母。"

单位又有一批人跳槽了,平时大家相处得都不错,他们临走时,大家都互赠礼物留念。一个同事送我一个猪脸靠垫,说:"这个送你了,以后你就睹物思人吧……"

中午老板视察自己的建筑工地时发现有个人在角落看漫画书。
老板问:"你一个月的工资多少钱?"
那人答:"一千。"
老板掏出钱包数出1000元给他并大声吼道:"你这个月的工资,马上离开!"
那人高高兴兴地走后,余怒未消的老板问旁边工人:"他是哪个部门的?"

工人小声答道："他是来送快餐的。"

四岁的儿子把我惹火了，我批评了他。儿子准备去他爸爸那儿告状，到处找爸爸，问我，我也不理他。最后这孩子在大街上超大声地说："你老公去哪里了？我估计他不要你了，去超市买老婆了！"

公园的椅子上坐着一位老妇人，一个小孩走了过来问："婆婆，您的牙还行吗？""已经不行了，都掉了。"于是小孩拿出一包核桃，说："请你替我拿一下，我去打球。"小孩刚走，老妇人戴上假牙，又从口袋里颤巍巍地摸出诺基亚手机，"小样儿，这还想难倒我！"

小学时我上课爱睡觉。一次语文课上，老师布置作业写一篇作文，题目是《假如我是蜘蛛》。下课问了同学，晚上在家绞尽脑汁地写了一篇轰动全校的《假如我是只猪》。

YUANLAIXIAOYEKEYI
ZHEMECHEDIA

女生看一半，男生全看完

一天，女人外出打高尔夫球。她把球打进了树林，就进去找，结果发现一只困在陷阱里的青蛙。青蛙对她说："如果你放我出去，我就可以满足你的三个愿望。"

女人释放了青蛙，青蛙说："谢谢你，但是我忘了和你说了，你的愿望实现有个条件，你的老公将会以十倍的程度来实现它。"

女人说："那好吧。"第一个愿望，女人想成为世界上最美的女人，青蛙警告她："你一定要明白，这个愿望会使你的老公成为世界上最英俊的男人，一个所有女人都会趋之若鹜的美男子。"女人说："好，因为我将成为世界上最美的女人，所以他的目光只会被我吸

引。"于是咔嚓——她成为世界上最美的女人。

她的第二个愿望,她想成为这个世界上最富有的女人,青蛙对她说,她的老公将成为这个世界上最富有的男人,而且比她富有十倍,女人说:"好,因为我的就是他的,他的就是我的。"于是咔嚓——她成了世界上最富有的女人。

然后青蛙询问她的最后一个愿望,她说:"我想得轻微的心脏病。"

这个故事的寓意是,女人是聪明的,别惹她们。女性读者们,对于你们,这个故事已经结束了。

男性读者们,请继续
……
……
……
……
……
……
……

……

……

结果咔嚓——这个女人的丈夫得了比她轻微十倍的心脏病。

这个故事的寓意是,女人总是认为她们非常精明,让她们继续那样认为吧。

另外,如果你是女人,而且还在读这些文字,那就只能说明一点:女人从来就不听劝。

YUANLAIXIAOYEKEYI
ZHEMECHEDIA

开心一笑的生活趣事！

同学："你下午去对着取款机唱歌吧。"
我："为什么啊？"
同学："这样取款机就吐了……"

他卧病多年，坚持祈祷，终于感动了天神。"你有什么愿望吗？""我只希望……可以自然死……"
"好吧，我满足你。"话音未落，他全身开始冒烟。

甲："我昨天做了一个可怕的梦。"
乙："梦见什么可怕的了？"

甲:"我梦见自己考试呢!"

乙:"害怕考试呀?"

甲:"还有更可怕的呢?"

乙:"什么?"

甲:"在考场上睡着了。"

乙:"是够可怕的了!"

甲:"还有更可怕的呢!"

乙:"还有?"

甲:"老师把我叫醒了,一看真的在考场上考试呢!"

    本人是学法律的,一次上刑法课,老师说:"我们今天讲下主犯。主犯,可以用电饭锅煮,也可以用铁锅煮……好了,别闹了,什么是主犯呢?主犯就是,把米放锅里,然后加点水。哈哈哈……"然后他自己靠墙乐去了,留下我们在下面凌乱。

    期末考试,有三个学生考试结束了才到,他们就跟教授说:"因为车子爆胎了,所以迟到,能不能重考?"

    教授就答应下礼拜让他们重考,那三个学生就苦读了一个礼拜。

    没想到重考时教授只出了一题:"爆的是哪个轮胎?"

    结果三个人的答案都不一样,最后三个人都不及格!

    四岁的表弟问我在干什么,我说:"我要把计算机上的资料拷到软盘上。"待我取出软盘后,表弟认真地问:"烤好了,很烫吧?"

四岁的表弟偶然得知自己是汉族,恍然大悟般曰:"难怪我平时出汗特别多,原来我是'汗'族呀!"

适逢期末大考,教室里人满为患。寂静的教室忽然传来"咣当"一声,一个学生因椅子断裂摔倒在地,爬起,叹道:"唉,学习的压力太大了!"

YUANLAIXIAOYEKEYI
ZHEMECHEDIA

阻止不了他们了，爆笑哦

生物课上老师提问："青蛙和癞蛤蟆有什么区别？"

张三回答："青蛙是保守派，坐井观天；而癞蛤蟆是革新派，想吃天鹅肉。"

老师问学生："怎么解释'与人分担痛苦，会使痛苦减半'呢？"

小雨回答说："如果我爸爸揍我，我就揍他的猫！"

老师布置了一道作业题：请用四个字概括自己的长相。卷子收上来后，学生们的答案分几种：

批判主义派的答案有：偶尔正确、惨不忍睹、我恨苍天、我想来世等。

写实主义派的答案有：两栖动物、猩猩他哥、人猿盗版、返祖现象等。

现代派的有：鬼斧神工等。

而唯一的一份超现实主义派的答案是——竟然是人。

老师："请把'马儿跑了'这句话转换成疑问句。"

小亮："马儿会跑吗？"

老师："正确！很好！现在把它转换成祈使句。"

小亮："驾！"

室友眼睛近视，常占第一排座位，又苦于高数老师说话口沫飞溅，难以抵挡。一日她对我说："高数老师低头讲课，第一排桌子全湿了；高数老师抬头讲课，第二排桌子就全湿了。"我当场晕倒。

班主任张老师怒气冲冲地走进教室，厉声说道："你们叫我语文张，我忍了；新来的政治老师范老师，你们为什么叫她政治犯（范）呢？"

小雷带着一个来找他的高中同学参观大学宿舍，他指着路左边的宿舍楼群说："这是女生宿舍区，叫织女星系。"指着路右边的宿舍楼群说："那是男生宿舍区，叫牛郎星系。"又指着脚下的路说："这条路叫银河路。"这时，主管学生宿舍的女教师面无表情地经过，小雷悄悄地说："这位是王母娘娘。"

大学里有间教室，里面的挂钟有问题，只要被东西敲到就会愈走愈快，敲一次就快5分钟。一天教授上课，发现同学们都趁他在黑板上写字的时候用橡皮往挂钟上扔，但教授却不声张，依旧按钟上下课。

没过多久，期末考试到了，大伙都埋头考试，只见教授拿着黑板擦在那儿练习敲钟。

地理老师质问小辉："为什么没有完成世界地图的描绘作业？"
小辉低头回答："我怕我画的地图会改变世界。"

老师问道："孩子们，你们想知道第一个人是怎样出现的吗？"
小明从后排站起来，回答道："老师，其实我们更感兴趣的是世界上第三个人是怎么出来的。"

讲授经济学的老师正讲到被保险人与受益人的关系问题，为了更形象一点儿，他举了个例子："比如说我投了人身保险，有一天我不幸被车撞死了，你们师母就可以获得赔偿金。她就是受益人，那么我是什么人？"一个同学回答道："死人。"

一位教授对一名智力早熟的小男孩说："你的生日是哪一天？"
答："4月8日。"
教授说："哪一年？"
答："每一年。"

化学实验作业刚发下来，同学们争看老师的评语。只听甲拿起乙的念起来："当浓硫酸滴到皮肤上时，应先用布擦干，再用大量的水冲洗，再用布擦干，再喷上些香水，再涂上一层玉米油护肤膏。"
老师批示道："还要不要桑拿、按摩？"

为考英语四级，大家都赶紧拼命学英语，一些笔记都不得不在其他专业课上做。某日，历史老师发现台下一个学生忙得不亦乐乎，心中诧异，遂走下讲台，悄悄到他身边查看。该生忙了一阵，觉得气氛不对，猛抬头，见老师正笑嘻嘻地对他说："你觉得你用英语做笔记比用汉语记得快？"

考试结束后，三个同学在一起诉起苦来。
甲说："我语文考得不好，老师说我是废品。"

乙说:"我体育跟不上,老师说我是次品。"
丙说:"我政治不及格,老师说我是危险品。"

一次语文课上,老师向同学们解释"惊慌失措"、"不知所云"、"如释重负"、"一如既往"四个成语。恰巧,某学生正在呼呼大睡。教授一拍桌子,该生顿时坐起来,拿起书便看,老师说:"这便是惊慌失措。"接着,老师让他回答问题,他站起来支支吾吾了半天。这时老师说:"这便是不知所云,请坐!"这位同学长长地舒了一口气坐了下来。老师又说:"这便是如释重负。"等老师走上讲台,那同学又趴下睡觉。老师猛一转身,指着他说:"这便是一如既往。"

下课后,老师对亮亮说:"让你爷爷来学校一趟。"亮亮问老师:"老师,不需要叫我爸爸来吗?"老师:"不,亮亮,叫你爷爷来就可以了。我要告诉他,他儿子在你的家庭作业里答错很多题。"

老师问王媛:"'蜜蜂给花园增加了生气'是什么意思?"
王媛答:"蜜蜂偷花,花儿生气呗!"
大家听了哄堂大笑。王媛辩驳道:"要是鲜花不生气,哪来的'鲜花怒放'呢?"

YUANLAIXIAOYEKEYI
ZHEMECHEDIA

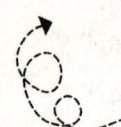 **搞笑欠扁的短信息**

1.

跟你做了这么久的朋友，你一直都很关心我，我却时常给你添麻烦，真不知该怎么报答你……所以……下辈子当牛作马……我一定会拔草给你吃的……

2.

没事！

没事！

没事！

没事！

……

都跟你说没事了，你还按个屁啊！

3.

很想你，可是又不好意思打给你，怕你正在忙，怕你不理我，怕你觉得我骚扰，真的好想跟你联络，但是……电话费实在很贵，你打给我吧！

4.

如果你是流星我就追你，如果你是卫星我就等你，如果你是恒星我就恋上你，可惜……你是猩猩……我只能在动物园看到你！唉……可惜呀！

5.

现在的我好乱……心里不知道在想些什么……头脑都快被烦死了……我真的不知道要怎么办！你能不能告诉我……我真的不知道要吃大干面还是阿Q桶面！

6.

谢谢你在我最失意的时候陪伴着我，在我最需要帮助的时候拉了我一把，千言万语诉不尽，只想告诉你："自从认识你没有一件好事发生！你真带衰！"

7.

对不起呦，那么晚了还发短信给你，如果有吵到你的话，在此跟你说声："活该——谁叫你比我早睡呀，呵呵！"

8.
遇到——是我心动的开始;
爱上——是我幸福的选择;
拥有——是我最珍贵的财富;
踏入红毯——是我永恒的动力;
永远爱的人——是你;
遗憾的是——我传错人了!

9.
因为你,我相信命运;因为你,我相信前世今生。
也许这一切都是上天注定,冥冥之中牵引着我俩,
现在的我,好想说……
我上辈子是造了什么孽呀!

10.
由明天开始,市政府决定清除所有长相丑陋、有损市容的弱智青年!
你快快收拾东西,出去避避风头,别跟人说是我通知你的,切记!不用感谢!

11.
上帝看见你口渴,创造了水;
上帝看见你饿,创造了米;
上帝看见你没有可爱的朋友,创造了我;
而他也看见这世界上没有白痴,顺便创造了你。

12.
如果政府规定一个人一生只能对一个人好,我情愿那个人就是你。

我无怨无悔,至死不渝!

但偏偏政府没规定……那就算了!

13.
想你是件快乐的事!

见你是件开心的事!

爱你是我永远要做的事!

把你放在心上是我一直在做的事!

不过……骗你,是刚刚发生的事!哈哈!

14.
电话响了一声,代表我正在想你!

两声,代表我喜欢你!

三声,代表我爱你!

当第七声响起……

妈呀,我是真的有事找你,还不快接电话!

15.
根据统计,超过99.9%长得像猪头的人都是用大拇指来按钮看短信的!

嘿嘿,不用换手了啦,已经来不及了。猪头!节日快乐!

16.
 如果长得好看是一种错……我已经铸成大错；
如果可爱是一种罪……我已经犯了滔天大罪；
做人真难！你就好啦，没错又没罪……真羡慕你！

17.
当白云飘过，那是我想你的痕迹；
当阳光闪耀，那是我想你的感觉；
当雨水落下，那是我想你的证据；
当雷电交加，那是我向天祈求你被劈中……哈哈！

18.
如果说烧一年的香可以与你相遇，烧三年的香可以与你相识，烧十年的香可以与你相惜，为了我下辈子的幸福，我愿意……改信基督教。

毕业生招聘会雷人语录

★

一个公司待遇颇丰，展位前人头攒动，很多应聘者被直接拒绝。一位老兄在人群中杀开一条血路，挤到桌前，挥舞双拳大吼一声："你招还是不招？"

★

和同学一起去招聘会，两个人投了同一家公司，不过看起来人家不感兴趣。回来之后他发牢骚，说负责招聘的MM有眼不识泰山，看不到他的长处。我冷笑："人家见多识广，怎么会看不到你的长处？只不过，人家觉得你的长处还不够长……"他一愣，随后反唇相讥："你不也是一样的结果？"

我好整以暇地回答："我怎么和你一样？你没听到人家最后怎么对我说的吗？"我清了清嗓子："人家说：'小庙容不下大菩萨！'"

到招聘会，见展位就投简历。其中一个展位实在没的投，直接投了个招副总的。招聘的MM看着我说："你觉得我们现在就把这个公司交给你，我们放心吗？"我说："有啥不放心的，我们是双向选择吗！"

到一家外企应聘，人家问我选择理由，神差鬼使地，我竟然说了句："师夷长技以制夷！"遂被当场赶出。

虽然只想当个小工，但要去北京最大的人才市场找工作，总得穿得像个样儿吧！公共场合可不能出丑。于是俺穿着西装，打着领带，皮鞋擦得倍儿亮就上路了。到了人才市场，只见人山人海，密不透风。俺并没有往里面挤，心想："凭俺这条件，找个小工岂不是小菜一碟！"于是俺等啊，等啊，等到太阳下山，也没人来招聘俺。眼看就要没戏了，这时有个人快步走过来，俺连忙整理了一下头发，只要他开口，无论什么条件，俺都答应了。

他过来只说了一句话："老板，您要招小工吗？"

来到招聘会，将精心制作、激光打印出来的一摞厚厚的简历虔诚地递上，对方一句话将我打入谷底："对不起，我们要的是简历，不是笔记本！"

★ 一个女同学，优秀得让我们自愧不如，但她应聘的经历最惨，屡遭拒绝。TOEFL600、GRE2250、学生会干部，发表论文若干篇，年年获奖学金……这么优秀的学生，却屡遭失败，我们每个人都很纳闷，她自己也不解：现在单位选人的标准究竟是什么？

有一次，她终于忍不住，打电话到单位询问被拒理由。对方倒很坦然："你这么优秀的学生，我们怕留不住！而且，你如果没几天出国了，我们就浪费了一个招聘名额。"

★ 一个著名企业家亲自主持面试，我忐忑地递上简历，企业家没问别的，只是说："讲个笑话吧！"我吭哧了半天，终于想出一个关于鹦鹉的笑话："一个人去宠物店里买鹦鹉，店主对他说：'我们有三只鹦鹉，蓝的会讲四种语言，卖1000元，红的能讲六种语言，卖3000元，那只黄的不会讲话，卖5000元。''怎么会这样？'这个人叫道，'它可什么都不会啊！''是这样的，'店主解释道，'我们也不知道，但其他两只都叫它老板。'"讲完后我脸色发青，心里知道这次又完了！

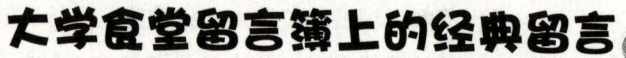

大学食堂留言簿上的经典留言

★ 请问那位卖胡辣汤的女孩叫什么名字?

★ 你们食堂沙子里怎么还有米呀?

★ 能不能不让那个打饭的把手指伸到我的菜里?

★ 用炒青菜的火候烧排骨,用烧排骨的心态炒青菜,就可以吃了。

★ 空心菜里的蚂蟥味道不错,建议以后把它煮八成熟就可以了。

★

京酱鸡丝、咖喱鸡块、可乐鸡块、宫爆鸡丁、炸鸡排、鸡丝豆腐、红烧鸡腿、孜然鸡骨、黄瓜鸡丁、青豆鸡丁……猪牛羊虾鱼都死光了吗?

★

知道食堂的人好心眼怕我们的牙齿不坚固所以为了锻炼我们的牙齿特地在饭里面加入了很多小石子……

★

"今日菜旦：反茄炒旦、青菜面巾、古老肉、东瓜毛豆……"以后能别写错别字吗?

★

如果你的饭量是4两,建议你不要一下子打4两,应该是打两个2两,然后合在一起。这样子,你的"4两"绝对比别人的4两多——这也就是经典的食堂2+2＞4理论,强烈要求数学达人给出详细证明——

★

如果你很饿,强烈建议你不要打一份肉菜,因为这样的话,你会觉得得不偿失,"排骨"就是排"骨",你还没有把牙塞满肉渣,剩下的东西就可以给你的"旺财"了,它会很感谢你的——俗话说：救人一命,胜造七级浮屠,何况"旺财"乎？所以你唯一的做法,就是运用2+2＞4的理论,然后点一份土豆丝,如果你还觉得饿,可以再点一份土豆丝,如果你还觉得饿,可以再点一份——直到你有了要吐的

感觉就可以基本上达到要求了。祝你有个好胃口!

请问食堂的工作人员是炊事员还是饲养员?

为什么青椒瘦肉炒小强里的小强这么少!

请把那边那个荤素窗口的衰哥换成美女,我们男生太吃亏了,总是全校的女生都吃完了,才能轮到我们,全是汤了!

不到食堂就不知道什么是节约。中午剩的晚上热热再吃,晚上剩的可以当第二天早上的包子馅。

风味餐厅的留言簿上:建议取消风味餐厅!

打菜用的勺怎么和我不见了的掏耳勺那么像啊?在哪儿买的?

建议禁止喂饭!

⭐ 我们是学化学的，还是能分清滴滴畏和清洁剂的味道的，食堂用的是滴滴畏！

⭐ 黄瓜拌蛰皮和蛰皮拌黄瓜的区别是很大的。

⭐ 青菜里面有青虫，粉丝里面有铁丝，这是钓鱼呢，还是喂鱼？

⭐ 饭里的石头太少了，能不能再加点？

⭐ 今天晚上的紫菜蛋花老鼠汤不错呀——一位从汤里吃出小老鼠的同学留。

⭐ 下一次能不能不要把找给我的钱藏在菜里面？

⭐ 是不是为了免去我们对残留农药的顾虑，证明食堂的青菜绝对是绿色蔬菜？回回素炒菠菜都有小青虫！

 每次我打四毛钱饭的时候不用再给我加一毛钱的沙子啦。

★ 虽然我喜欢钱,但不用总是用拿完钱的手来打菜给我吧!

★ 说起来真的心寒,缺斤少两的事情真是经常发生的,一份菜只能盖住碗底,还有一次,我菜里的小强都少了一条腿,寒呐……

★ 苍蝇没炸熟,青虫汤里记得多撒点儿盐。

★ 能不能不要把苍蝇在西红柿汤里面淹死?

★ 食堂=化学实验室。

★ 能不能把土豆炖牛肉改成土块炖牛肉?

★ 我们又不是鸡,不用吃沙子帮助消化!

最忧伤的经典句子

感受着沧海桑田，期待着风花雪月。佳人戚戚，伊在何方？

亲，你用心为我写下的诗篇我都铭记在心里，你的字、你的词都已化作一片片晶莹的雪花，飘落在我的生命里，溶入我的骨子里、我的血液里……你，再也不会离去！你，永远都无法离去！

如今的石桥上，青苔憔悴，秋风碾碎了余音。你似一缕烟，随风而散，淡出了我的视线，我伸手留住的唯有一丝惆怅、一纸落白，一句哀叹。于是，我藏于笑容背后，在旧曲中痴然苦笑，把满腹的心事

寄附在新词旧字之中。

🌱 若今夜有梦,我希望梦里有雪花,我会在洁白无暇的世界里,子立于瘦风途经的渡口,绘一幅执子之手的画卷,奏一曲不离不弃的乐章,写一个与子偕老的结局……

🌱 山一程,水一程。八千里路云和月,向谁话离殇?漫山飞沙,野狼出没,那粗犷的汉子呢,多想听你击响黑红胸膛的豪壮。

🌱 闪闪微弱的灯光,犹如心中余爱,脆弱得可怕。不想面对,不想过去,可是还是会想到你。思念变得不值一文,内心变得破碎不堪。

🌱 我会在被人遗忘的角落,执一盏心灯,等你……

🌱 我宁愿一棵树下等,缠成一绺枯的藤,等到凋零。如寻到你,我宁愿洒一泓西厢热泪,换取你一冬的春暖花开!

🌱 虽然时间短暂,可那短暂的时刻,却包容了所有的浓情。它带来的强大冲击,让人久久晕眩,久久汹涌,久久徘徊。余音绕梁尚且三日不绝,何况是对你,对你这个我心心想念的可怜人儿。

你说，最爱我长发的模样，那么，纵然三千青丝牵绕三千苦忧，纵使是寂寞浇愁、红颜空瘦，今生，我的长发依然无怨无悔为君留。

想着你在上海的地方，那个叫浦东的地方，可浦东是个什么样子？你又在它的什么方向？一切都很抽象。但抽象的东西，我也依然要去念想。

星夜空蒙，思绪模糊。只有你的影子是清晰的：你微驼的后背，纤弱的身躯；你薄薄的嘴唇，浅浅的笑意；你优雅的动作，斯文的谈姿……

母亲是一种神奇的生物

 母亲节,女儿给老妈打电话,哽咽着说:"老妈,感谢您对我多年的养育之恩!"电话那头老妈叹了口气,说道:"其实我也不想的,谁让你一直嫁不出去呢!"

女儿对妈妈说:"母亲节快乐。"
妈妈说:"你快乐我才会快乐。"
女儿说:"那如果我不快乐呢?"
妈妈停顿了下,说:"那请你不要影响我过节!"

"今天母亲节,老师让写一篇《母爱》的作文,你知道我写的是

什么吗？"女儿问妈妈。"当然是写我呀！写我辛辛苦苦把你养大，写我……"妈妈胸有成竹、滔滔不绝地说道。"不——是！我们班同学都写他们的妈妈，太没有创意了！我写的是：母鸡怎样爱护小鸡，有新意吧？！"女儿洋洋得意地问妈妈。

"哦。太有新意了。"妈妈垂头丧气地说。

小时候被妈妈打了，然后就边哭边吃饭，硬是把一碗白米饭和着眼泪吃完了。为了显示我的骨气，桌上的菜一筷子都没碰。吃完躲房间委屈，突然爸妈吵架了。悄悄趴门口听，就听见妈妈说："你为什么不给她夹肉？！你为什么不给她夹肉？！"

小时候，爸爸喝酒回来总是打妈妈。那时，他除了哭什么也不能做。长大后，他再也看不下去，他对着可怜的母亲吼："你爱他吗？不爱。和他离婚，别那么没出息！"母亲哽咽半晌，流着泪对他说："妈妈不爱他，可是妈妈爱你……"

儿子养不起年老的母亲，决定把她背上山丢在山里。傍晚，儿子说要背母亲上山走走，母亲吃力地爬上他的背。他一路都在想爬高点然后丢下她，但他看到她在他背上偷偷地撒豆子在路上，他很生气，心想母亲要回来让他养。就问："你撒豆子干什么？"

结果母亲的回答让他泪流满面，母亲说："傻儿子，我怕你等下一个人下山迷路。"

5岁:"妈妈,烧红烧肉吧!""行,烧。"

15岁:"妈妈,别烧红烧肉了,换换味道。""行,买别的菜。"

35岁:"儿子,啥时候回家吃一顿啊?妈给做红烧肉。""不行,最近忙。"

50岁:"妈妈今天路过你家,给你带红烧肉。""不行,今不在家。"

70岁:"妈,我想吃红烧肉。"那边,已经没有了妈妈的声音……

YUANLAIXIAOYEKEYI
ZHEMECHEDIA

恶搞挤兑人的冷笑话

孙悟空找玉帝去闹:"我当弼马温是多大的官呢,今天才知道,原来就是马夫。我这么大能耐,你让我给你养马?这不是欺负猴儿吗?"

太白金星赶紧拦住他,附耳说道:"知足吧。刚参加工作就能养马已经很不错了,你看那边那个太上老君没,多少年了啊,到现在还在烧锅炉!"

包拯问:"展护卫,你有儿子么?"
展昭:"卑职连媳妇都没有呢。"
又问王朝马汉,也是同样的回答,包拯转身问公孙策:"那你有

孙子么?"

公孙策连声回答:"卑职刚结婚而已,哪里会有孙子啊!"

包拯哈哈大笑,转身对属下们说道:"他自己承认没孙字的啊,以后大家再喊公厕就不准翻脸了哈。"

丑小鸭生来就很丑,没谁喜欢它,它从小被其他鸭子欺负。它伤心地离开了妈妈,独自流浪,遇到狂风、暴雨、猎狗、熊孩子……但丑小鸭没有畏惧,它顽强拼搏,努力学习,提升自身素质。

最终,人们发现,它虽然不好看,但还挺好吃的。

一个走投无路的姑娘跪在悬崖前:"算上昨天我已经是999次表白失败了,我自恃开朗潇洒、昂扬向上、心地善良、胸怀博大,还满满一身正能量,可为什么从来没有一个男人喜欢我?苍天!请你睁开眼,告诉我世界为何如此不公!"

一个阴沉的声音从天际破空而来,"因为你胖……"

笑趴你的二货男女

过了很久我才想明白,你一开始和我说的那句真的对不起,不过是飞机场广播里那种抱歉的通知又延误了您的班机。你最后分别时说的非常谢谢你,是三块一瓶的红茶盖子里的那种谢谢你的参与。

你的男友懂得为你拎包、拉椅子、开车门、耐心等你、听你抱怨……说明他的前任对他影响很深,你要心存感激。

有妹子发微博:我也想体验一次被人追的感觉!
神回复:买东西不给钱就行了……

前些日子有个妹子跟我聊起了择偶标准,说不喜欢帅的,比较喜欢我这样的!当时心里挺美的,现在越想越觉得哪儿不对!

我认识一个女青年,有空时喜欢看前男友的微博,大家都以为她旧情难忘。谁知有一次她放下手机,长叹道:"每次看到他的微博'发自安卓客户端',我就知道他还没用上苹果。看到他混得不行,我就放心了!"

"我好怕啊。"
"你有本事再做作一点?"
"我好怕怕啊。"

嫂子:一会儿去见面?
妹妹:是啊,心里没底,不知道本人跟照片差距大不大。
嫂子:没事,带着你外甥一起去。
妹妹:那不好吧。
嫂子:有啥不好,相中他了你就说那是你外甥,没相中就让孩子喊你妈。

朋友A:你看见她新男友没?
朋友B:看见了,上周日我们一起吃饭来着。

朋友A：我看照片长相一般，真人咋样？

朋友B：还行，挺上相的。

美女和朋友正在餐厅用餐，美女准备从包里拿纸巾擦嘴。结果竟然掏出了一包卫生巾，而且居然没有察觉！

朋友发现后，连忙把卫生巾抢了过来。

但是美女却不明状况，冲着朋友大叫了起来。

男服务生冲了过来，拦住美女说道："小姐，不能在这里换！"

几个吊丝出去秋游，坐车的时候，售票员问："你们从哪里来，要去哪里啊？"

他们幽默地齐声答道："我们从东土大唐而来，要到西天取经去……"

全车的人都笑了。

售票员回道："几位大师坐错车了，我这是往东南方向的，往西去的请到路对面去坐！"

其中一个来了句："那我们先去南海见下观音姐姐……"

刚买了个非常好吃的肉包子。虽然特别想咬那块肉，但还是先忍住把周围的皮吃完。吃到就剩手里那一点点皮的时候，手一抖，肉滚了……

老婆有个金猪储钱罐，每次我把硬币放桌子上被她看到，她都会

很开心自然地抓起硬币放进金猪,顺带一句:"这是我猪猪的了。"
后来我经常趁老婆不在,打开金猪肚底下的盖子拿几个硬币出来放在桌面上,看她每次开心地把硬币放进金猪里,我也默默地笑了!

老婆最近才看完《第一滴血》,我告诉她还有第二部,叫她自己网上搜搜,半小时后发飙说搜不到,我过去一看,丫在搜《第二滴血》。

老公给我买了部手机,在回来的公交车上,我突发奇想地问他:"这让你老婆知道了,你可要吃不了兜着走了吧?"
谁知道老公说:"谁叫你不做大房,非要做二房?"
我不甘示弱地说:"你不知道做小的受宠啊?"
这时旁边的人斜着眼看我们……

本人脸大,但是最近瘦了十来斤,对着镜子自怜地说:"瞧这小瓜子脸!"
老公在旁边恨恨地说:"你那是瓜子他妈的脸,向日葵!"

今天和女朋友一起吃饭,菜上齐了,突然一只苍蝇停在了桌子上,说时迟那时快,我女朋友拿起一盘菜砸了下去,没砸中,继续一盘一盘地砸,经过十几轮的激战,桌上的菜砸完了苍蝇也死了。
我从人群中走过来问她怎么了,她说:"跟苍老师一个姓的都得死……"

某男逛街，发现马路边上有两张小广告，一张是治疗不孕不育的，另一个是重金求子的。

男子一看心动，随即打电话问求子细节，接电话的是女士，说自己怎么怎么有钱老公不育。

男子很同情，于是把治疗不孕不育的电话告诉了对方……

YUANLAIXIAOYEKEYI
ZHEMECHEDIA

巨二的同事、霸气的老板

今天公司加班,做完工作实在无聊,同事飞奔而来说:"有一个坏消息和一个好消息要告诉你,先听哪个?"

"坏的。"

"坏消息就是没有那个好消息。"

"擦,那先听好消息。"

"好消息就是没有那个坏消息。"

开会的时候,我看到一旁的小马脸色有些不对,就凑到他耳边说道:"小马,你脸色怎么不大好?尽管你刚加入我们不久,但也是不可或缺的一员,以后我们要并肩作战的,所以有什么难处应该大家一起分担,不要什么东西都憋着。"

小马若有所思地点点头,然后放了一个巨响的屁。

办公室人心涣散,老板决定带大家到楼下花园转转。

"你们好好看看吧。"老板所指之处,一群蚂蚁正在忙碌地搬运食物,井然有序,配合默契,毫无怨言。

大家明白了老板的良苦用心,不禁都心生惭愧。

这时老板忽然一脚把那群蚂蚁都踩死了,"告诉你们!我整你们就跟弄死一群蚂蚁一样容易!"老板吼道。

公司新招来的一位同事,鼾声巨大,几日后,与其同屋的同事实在受不了了,找老板要求换房间,老板问:"为什么?"

同事:"有人晚上打呼噜。"

老板:"大晚上的你不睡觉,偷听人家打呼噜干什么?"

同事:"……好吧,我错了!"

雷得人瞠目结舌的小孩子

妹妹今年6岁，喜欢奇思妙想。
今天吃晚饭时，突然当着大家的面，问妈妈："我长大以后是男的还是女的呀？"

表妹知道我没对象，就嚷嚷着要介绍个漂亮妹子给我认识，我感动得啊，但是我还是义正词严地拒绝了她。因为她年龄只是个位数……

一男生为防亲戚发问个人问题，提前学习了微博中的应对方法。
过年时大姨问他有没有女朋友，该男生作娇羞小媳妇状。
"女朋友没有啦，不过有个男朋友，可黏我了。"

大姨败走，再没发问，此君得意万分。

结果晚饭后大姨的儿子悄悄把他拉到房间里，"我注意到了，这一整天你男朋友都没联系你，别跟他了，你觉得我怎么样！"

幼儿园门口见两个小孩子聊天，小女孩问小男孩："有什么是你不会的吗？"

小男孩羞涩地说："我不会离开你。"

"那你有什么不会的吗？"小男孩充满期待地问。

小女孩腼腆地笑了笑，说："我不会喜欢你。"

我明明放在茶几上的一百元不见了，家里只有我和6岁的小外甥，我问他："宝贝见茶几上的一百元没？"

外甥答道："小姨，那个钱上面写着2008年。我看着过期了就丢马桶用水冲了。"

3岁半的儿子在客厅跟他小姨玩，桌子上有盆小仙人球。小姨把手轻轻放仙人球上跟儿子说："你敢不敢放上去啊？"

儿子跑到桌子旁边问小姨："怎么放？"

小姨重新演示一遍……就在这关键的时刻，儿子突然把手打在小姨的手上，当时小姨的脸……

昨天教3岁的小表妹画画，她画了一个巨丑无比的小人。

我问她画的是爸爸吗，她说不是，爸爸怎么会有这么丑呢？

说完就跑到他爸妈房间去了。我正好去喝水，路过他们房间，听到那妞的声音："爸，你看我画得像姐姐吗？"

老爸老妈他们有什么事经常都不告诉我，时常把我蒙在鼓里，这使得我很气愤。对此，我只想对他们说："能换大点的鼓吗？"

隔壁有个小萝莉，特别小大人，一天晚上我去她家玩，她把我拉进房间，又送水，又给零食，然后问了句："我美么？"

我差点把喝的水吐出来……无奈地笑了笑说："美，怎么看都是标准的美女。"

然后她说："给你个机会替美女做点事。"然后拿出一本数学口算册……

家有5岁可爱儿子一枚，超爱听《江南style》，我经常用手机放给他听。

今天俺们娘俩坐公交时听到有人放《江南style》音乐，儿子问："妈妈，是你放的吗？"

我说："不是。"

儿子："妈妈，是你放的吧，跟你放的一模一样！"

周围一片超嫌弃的目光，随之飘过一股超臭的屁味！

各位，我儿说的不是这个啊！

早上,我和女儿一上车,老公就说:"给你们出个脑筋急转弯。刚才我提前摁了车的遥控开锁,结果没拉开车门,这是怎么回事?"

我想了想说:"难道是你拉错车了?"

老公笑着说:"你猜得真准,旁边这车跟咱家车一个颜色。"

女儿道:"不应该呀,爸爸,您这车这么脏,您怎么能认错呢?"

妈妈:"再哭我把你卖到地瓜摊。"

儿子:"妈妈,把我卖到雪糕店好吗?"

家长也是很搞笑的

◆ 昨晚喊儿子睡觉,他才想起幼儿园老师布置了作业:用纸做个垃圾桶带回学校,不做他就不睡。

我找出个小纸箱说这就是垃圾桶,他说老师说要圆的。

我又拿出个纸杯,他说太小。

我只好默默拿起电话,找KFC要了个全家桶……

◆ 上学期间,没钱了,给老爹打电话:"爸,我没钱了!能给我汇点儿不?"

老爸:"一万!"心里那个激动呀!心说老爸啥时候这么大方了……

正得意的时候老爸说:"刚说啥?我打麻将没听清楚……"
老爸,不带这么玩儿人的!

🌱

"妈妈,那个叔叔为什么吃饭前要照相?"
"哦,那个叔叔在帮食物们拍遗照。"

🌱

家里有三瓶洗发水,老爸连续拿了两瓶都没有打开。
拿起第三瓶时幽怨地说:"工资卡密码不让知道也就罢了,怎么这洗发水也是防盗的。"

🌱

女儿,本月信用卡账单已收到,刺激欧洲经济非汝一己之力可及,宜审慎量力而为之。

🌱

今天又挨老妈训了:"你看人家,和你差不多年纪的都结两次婚了,你现在连对象都没有。"

🌱

早晨起来和我妈说:"明天我也去买个墨镜,能遮挡点我的丑!"
我妈:"墨镜哪够啊,买个头盔还差不多。"

这些可爱滴二货同学

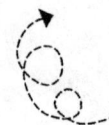
就在刚刚出学校吃午饭的路上，听见了两个同学对话！
A："你再这样下去活该你要挂科！"
B："我要是挂科我就送条烟给老师……"
A："送烟就让你过？"
B："让你也挂科！"

校园里听到一对小情侣的对话。
女问男："亲爱的，我们买的是硬卧还是硬座啊？"
男说："硬站。"

宿管阿姨发现，每天晚上都有一个女孩在走廊徘徊，穿着睡衣，面无表情，默默地盯着手机屏幕，一语不发。此事重复多日，阿姨决定上前关心一下。

"同学，你有什么困难吗？"

"啊？没有啊。"女孩诧异地回答。

"那为什么每天都不回宿舍呢？"

"哦……因为……走廊上wifi信号比较好啊。"

一女生把同桌衣服拉开，同桌冲过去要与该女生搏斗，嘴里还大喊着"我兽性大发了"……结果被对面一堆女生轰了回来。

回到座位，我问他："你的兽性呢？"

这二货贱贱地看着我，来了个"喵"。

老师发下作文本时，问一学生："你爸今年才40岁，怎么参加了二战呢？"

学生答："那是我爷爷。"

"可作文题目是《我的爸爸》。"

"没错，这是我爸爸写的。"

大一军训的时候教官跟我们一起瞎闹。

教官说："给你们出个歇后语猜猜，猜对的人可以休息半小时。"

他的题目是：胸罩(打一食物)。

在气氛凝固十秒钟之后,一个男生憋红着脸小声地说:扣肉。

结果我们在太阳下看着他在树荫里坐了半个小时!

语文考试时,有一道题是写一个四字成语,要求每个字的偏旁部首都一样,并且每个字都不能重复。我第一反应是魑魅魍魉,可惜一个字都不会写。憋了很久以后写了一排:玩玻璃球、涂润滑油、没法洗澡。

结果……没得分……

今天早上,马思课上来了才一半左右的学生,老师怒瞪班长:"怎么回事,你们班其他人呢?"班长是女孩子,支吾了半天,什么都说不出来,眼看眼泪要滴下来了,委屈得不行……旁边一男生低声道:"有的起不来,有的不起来,有的起不来,还有的起了不来!"

爱学习的小王原本住在学校宿舍,可他嫌宿舍环境差,便出去租房住了。

几个月后,原宿舍的同学去看他,见他骨瘦如柴,精神恍惚,便问是什么原因。

他苦恼地说:"中毒了。"

同学不解:"中的什么毒?"

他答:"哎,孤独!"

上大学时,宿舍同学从来不买筷子,都从食堂拿。食堂筷子屡丢不止。

一次一舍友不知道想啥,从食堂阿姨跟前拿了双筷子就往袖筒里塞,阿姨大喝一声:"干吗呢!"

这货一抖,贼贼地一笑说:"筷子不干净,我擦一擦!"

记得初中学校体检测肺活量,大家排着队对着滤嘴呼气。

我当时测完后肺活量数值是3000多,然后一哥们竟然吹出个个位数。

医生一皱眉说:"放屁都比你这多!"

大学时在一小卖部,一同学选货问:"老板,五毛钱的方便面多少钱一包?"

老板:"五毛钱的方便面五毛钱一包。"

YUANLAIXIAOYEKEYI ZHEMECHEDIA

晒个性，爆雷语，幽默又调皮

★ 为了不让儿子成为一个富二代，被人诟病和另眼相看，我穷一点也就穷一点吧。

★ 永远不要嫌自己难看。我年轻的时候觉得自己难看，现在才知道，以后只会比以前更难看。

★ 胖子没资格自称粉丝，你是粉条。

★ 机智的小偷化装成老师走进教室，没收多台手机后潇洒离开。

那些说"长得漂亮不重要"的男人，说这句话时的断句其实是：长得漂亮，不重，要。

请尊重每一位基友，因为，每当两个男人在一起的时候，世界上就多了两个妹子资源。

有朋友说，发现喜欢的人恰好也喜欢你比中五百万的彩票还开心。可是，我更喜欢中五百万。

"懒货，还不起床?对得起你的青春吗?""对，不起。"

1.我听见一阵急促的敲门声。2.我醒了过来。3.我打开了门，看见你站在门外。4.你说想我了，然后给了我一个结实的大拥抱。其实正确的顺序是1342。

小时候在小道上骑着单车，后面有一汽车直按喇叭，我在前面神气地骑着，就是不让，我想：有胆来撞我啊，我就是不让。

长大后开着车，前面一小伙骑着单车，我直按喇叭，他就是不让，我心里想：真TM够脑残的。

YUANLAIXIAOYEKEYI
ZHEMECHEDIA

很会调皮捣蛋，就是不好好学习

上课是为了下课，上学是为了放假——正是在这个信念的支撑下，我才坚持到了大学毕业。

图片馆里最近美女有点少，看书提不起精神，怎么办啊！

小时我最恨老师考完试要家长在考卷上签名，我都是把考卷的一角撕下来，让我爸爸秀一下自己的签名，然后再粘回考卷上……老师问起来就说给爸爸揍了……

某同学状态:不想回学校啊。

神回复:不字写得好,开门见山,斩钉截铁,气势非凡;想字写得好,表达了理想与现实的无奈;回字写得好,一字说明了事件的起因结果,干脆简洁;学校一词写得好,作者不畏强权,勇敢揭露了悲剧的制造者,体现了作者高尚的人格;啊字更是画龙点睛之笔。

YUANLAIXIAOYEKEYI
ZHEMECHEDIA

霸气的老婆，让男人欲哭无泪！

今天和老婆去沙滩玩，看到一对对小情侣在沙滩画着心型图案，写着"我爱你"、"你若不离不弃，我必生死相依"等等诸如此类的，我突然奇想："老婆我们也画一个吧。"

画好了，遂问老婆写点什么，老婆不假思索说道："顺我者昌，逆我者亡。"

老婆："老公，在吗？"
老公："嗯。"
老婆："今天什么日子？"
老公："什么日子？"

老婆:"你猜!"

老公:"忙,快说。"

老婆:"今天是你的生日!"

老公:"哦。"

老婆:"生日快乐!老公。"

老公:"少来。"

老婆:"你想要什么礼物?你给我钱我去买。"

老公:"……"

老婆逛街回来。

我问:"老婆,你这双鞋子多少钱?"

老婆笑道:"便宜,就两张红色的!"

我又问:"裤子呢?"

老婆回答:"三张红色的啊。"

我急道:"那那个外套呢?"

老婆说:"十张红的啊!"

我痛心疾首:"就没有绿色的吗?"

老婆哈哈大笑,拿出家里唯一的一张农业银行卡,说:"有啊有啊!后来我发现现金不够了!就用它了!"

遇到这些人,能淡定了才怪

家里的下水道堵了,找人来捅。来的人跟我宣传保险,要我买保险。

我说不买。他说告诉我名字就行,我不告诉。

他接着努力,说小名也行,我说没有小名。

他说,我给你起个吧。

昨晚打车送一喝醉的朋友回家,快到家时朋友说:"师傅前面小区右拐三楼。"

师傅说:"这下吧,三楼不好调头……"

一天，几个朋友一起去西餐厅吃饭，进去坐下之后，要点单，一个朋友说："这种地方要说英文！我来叫服务生。"

然后，他就喊了声"Taxi"，瞬间，我们剩下的几个直接走了！

问："我怎么找不到D盘在哪儿啊？"
客服："请您打开'我的电脑'。"
问："你的电脑我怎么能打开呢！"
客服："请您打开您的电脑。"
问："我电脑开着呢啊！"
客服："请问您的桌面上都有什么？"
答："有手机、水杯、半桶方便面！"

理发店的小弟很热情："哥你长得真精神，发质也这么好，很多美女追吧？衣服选得也得体，怎么会有这么好的品位啊？"

"哈哈哈哈……可能是因为我从来不办卡的缘故吧。"

点了烧烤，结果上菜速度太慢，我问服务员："美女，你们这儿是不是缺烤肉的人啊？"

服务员："嗯，您是想兼职还是全职啊？"

我："……"

我和男友去吃鸡公煲，买了两瓶果粒多，拧开瓶盖赫然写着"再来一瓶"，心里那个得瑟啊……于是故作淡定地对男友说："我中奖了。"

那二货居然给我来句："我保险措施做得挺好的啊！怎么就中了呢？"

向同事倾诉："我以前拍照挺好看的，现在怎么越拍越丑了啊？"

同事淡淡地说："现在的像素越来越高了。"

YUANLAIXIAOYEKEYI
ZHEMECHEDIA

开心段落，涮涮自己，损损别人

★ 我有一个朋友得了重病，具体症状就是很重很重（体重）。

★ 穿跑鞋跑得是快啊，卖鞋的根本追不上我！

★ 抠脚大汉的搞笑签名：静如瘫痪，动如癫痫。

★ 总听见广告里说：意外怀孕了怎么办？但是我总想不明白怀孕怎么能是意外呢？求高人指教。

移动公司给今年开学的每个女大学生发了一件T恤,胸前印着四个大字"动感地带"。

人与人之间的交往最忌讳的就是放鸽子了,不过放一两次无所谓,世界需要和平!

世界上最不靠谱的人,是男人。
世界上最最不靠谱的人,是有女人的男人。
世界上最最最不靠谱的人,是有N个女人的男人。
世界上最最最最不靠谱的人,是有N个女人却不像个男人的男人。
世界上最最最最最不靠谱的人,其实是女人。越是不靠谱的男人,身边的女人越多,不靠谱的不是女人是啥?

发现我的粉丝越来越多了,孩子老师要我签名,银行取钱时工作员要我签名,送快递的要我签名,就昨天没戴头盔,交警同志追了我两公里也要我签名!

出轨前必须做好万全的准备,首先,我需要一个老婆。

一起吃饭叫拼餐,一起回家叫拼车,一起住房叫拼租,你把后半生交给我,从此一起生活,这叫拼命。

★

请从下列文字里找出"出路"二字。

"胖子"

别找了,胖子没有出路。

YUANLAIXIAOYEKEYI ZHEMECHEDIA

生活爆笑，比比看谁最霸气

本人幼师，有一男家长长得虎背熊腰，看起来特凶。
一日开家长会，此家长问我："老师，有事可不可以不来？"
我问："有什么事呢？"
他说："今天有个兄弟从牢里出来，去给他接风洗尘。"
我连忙说："好好好，有事就不用来了，这可是大喜事啊……"

今天在火车代售点买票，前面是一大爷在买票，大爷说："买票。"
售票MM问他要身份证，他默默地拿出一户口本交给售票MM，问："要几张？"
大爷霸气地回答："买一户口本……"

老王开车上班路上被后车追尾。老王说对方全责,对方不承认,老王二话不说报了警。足足过了一个小时后交警才到,老王看看表,不满地说:"怎么才来,我在这久候了……"交警判了老王全责,让后车走了。

今天乘坐的出租车差点撞到一个乱穿马路的人。
那人说:"你敢撞吗?"
司机说:"我是不敢!不过撞死了我赔六十万你用得到吗?还不是你老婆新的男人用!最多出两千给你买个骨灰盒!"

一姑娘天真地问另外两位姑娘说:"哎,我问问你们哦,炒米粉里的BT辣是什么辣啊?"
另外两位姑娘毫不犹豫地说:"变态辣!"
发问的那位姑娘恍然大悟地说:"哦!怪不得呢!我以为是不太辣……"

昨天中午在肯德基看到一个阿姨点了一大堆吃的,然后打电话说:"喂,你们快点来啊我买好吃的了,就在麦当劳,我手机快没电了,不见不散啊。" 我估计她们能见到就要靠缘分了……

一明星在签约拍摄《岳飞》的新闻发布会上说:"其实我最适合

演岳飞了,我可以从20多岁演到70多岁……"你难道不知道岳飞三十多岁就死了吗……

刚才去买脸盆,走到摊位前指着个一个盆问老板多少钱,老板说:"五块。"

我问:"结实不?"

老板二话没说拿起盆就往地上使劲地摔了一下,然后盆就碎了。

然后我刚准备走,老板说:"这样的盆我能卖给你吗?你看看这个八块的!"

跟一朋友约好在某餐厅见面,结果她到了附近却找不着地儿,于是告诉她:"往前直走,看见第一个红灯的路口右拐就行。"

结果,1个小时之后,这姑娘还没到,打电话问她,她振振有词:"过了两个路口了,都是绿灯,没见到红灯。"

YUANLAIXIAOYEKEYI
ZHEMECHEDIA

东拉西扯才有冷效果

龙王家水龙头坏了，怎么弄都弄不好，后来他听说人间有一男子，各种通下水修管道，样样全能，便请其来家进行维修。

那男子来龙王家边修水龙头边与龙王闲聊，问道："我们那里日夜下雨，土地涝灾，何时是个头啊？"

龙王道："别废话，赶紧整水龙头吧！你若安好，便是晴天！"

食人族酋长在屋里大叫："好饿啊！我要吃老婆饼(丙)！"

门外的老婆甲和老婆乙拍着胸口异口同声说："好险啊！吓死老娘了！"

悟空："妖怪，哪里逃，吃俺老孙一棒。"

妖怪:"就知道你会这招,我刚吃麻辣烫了,现在去漱口,你等一下。"

相传古时候,孔融的父亲给了孔融几个有大有小的梨,让他分给小伙伴吃。孔融想了想,把几个大的梨给小伙伴吃,剩下一个最小的,给自己吃。
父亲看了很是开心,就问孔融:"你为什么这样分?"
孔融愤怒地说:"我不喜欢吃梨!"

吕布和貂蝉静静地漫步在公园,貂蝉突然一个踉跄踩到了草坪上,吕布大吃一惊说:"草草,你踩到草草了。"话音刚落,突然白光一闪曹操出现了,曹操暴喝一声:"谁在叫我,还叫得这么恶心。"

有个楚国人坐船过江,不小心把剑掉落江中,他急忙用刀在船上刻了起来。
船夫奇怪地问道:"你这是干吗?"
那人答道:"剑是从这个地方掉落的,我做个记号到岸了好找。"
船夫怒道:"那你至于凿那么大洞吗?都漏了。"

武林盟主被他逼到角落,捂住伤口瘫坐在地等他手起刀落。

他却是把刀抽回,跪倒在地,痛苦地喃喃自语:"她都已经走了……就算给我一统江湖……又能怎么样呢……"

武林盟主强忍剧痛,沙哑地对他说:"一桶糨糊……可以贴很多张寻人启事啊……"

屎壳郎在辛苦地推屎球,苍蝇说:"你真笨,为什么不吃新鲜的!"

屎壳郎说:"我就是爱滚屎球。"

苍蝇一脸不屑地说:"你不是运动员啦!充其量是一个掏粪工。"

屎壳郎说:"我骄傲,我是一名驾屎员。"

"都说三个臭皮匠赛过诸葛亮,我想你已经赶上了三分之一的诸葛亮。"

"你说我是臭皮匠?"

"不,你是诸。"

阎王在翻阅新鬼的死亡情况报告,边看边评论:

"被一枪打死,很幸运。

嗯,断头台很痛快。

在床上老死还是幸福的。

被车撞死,他是拄拐棍下地狱的吗?

这个被砍了100多刀呻吟了3个小时才死……天哪,这倒霉蛋遇到

行为艺术家了！"

　　关羽叫道："吾愿前往砍下华雄的脑袋！"
　　曹操听了十分欣赏，倒了一杯热酒递给他："将军喝了这杯酒，再前去杀敌。"
　　关羽接过酒杯，又放在桌上说："等会儿回来再喝吧。"
　　曹操道："这是为何？"
　　关羽摸着自己的胡须幽幽一笑道："骑马不喝酒，喝酒不骑马。"

　　小屎壳郎推着粪球来到小苍蝇家门口，敲了敲门，小苍蝇问："谁啊？"
　　小屎壳郎擦了擦满头的汗答："送外卖的！"

　　从前，有一个程序员，他得到了一盏神灯。
　　灯神答应实现他一个愿望。
　　然后他向神灯许愿，希望在有生之年能写一个好项目。
　　后来……后来……他得到了永生。

YUANLAIXIAOYEKEYI
ZHEMECHEDIA

搞乐一下，幽默一把

 你让我滚，我滚了。你让我回来，对不起，滚远了。

 流氓不可怕，就怕流氓有文化……

 开车无难事，只怕有新人！

 XP不发威，你当我是DOS啊！

英雄不问出处，流氓不看岁数！

好好活着，因为我们很久之后才会死！

人又不聪明，还学人家秃顶！

没什么事不要找我，有事更不用找我。

宁和明白人打一架，不跟傻瓜说句话。

再牛的肖邦，也弹不出老子的悲伤！

只要锄头舞得好，那有墙角挖不倒？

连广告也信，读书读傻了吧！

要在江湖混，最好是光棍！

不要和我比懒,我懒得和你比。

早上长睡不起,晚上视睡如归!

女为悦己者容,男为悦己者穷!

犯贱是普遍真理,你我只是其中之一。

唯女人与英语难过也,唯老婆与工作难找也!

就算是believe中间也藏了一个lie。

钱不是问题,问题是没钱!

怀才就像怀孕,时间久了才能让人看出来。

今天心情不好，我只有四句话想说，包括这句和前面的两句，我的话说完了。

思想有多远，你就给我滚多远！

驴是的念来过倒。

上Google上百度一下。

请你以后不要在我面前说英文了，OK？

好久没有人把牛皮吹得这么清新脱俗了！

一觉醒来，天都黑了。

钱可以解决的问题都不是问题。

不吃饱哪有力气减肥啊?

问君能有几多愁,恰似一群太监上青楼。

钞票不是万能的,有时还需要信用卡。

我允许你走进我的世界,但决不允许你在我的世界里走来走去。

珍惜生活,上帝还让你活着,就肯定有他的安排。

爱情就像便便,水一冲就再也回不来了;爱情就像便便,来了之后挡也挡不住;爱情就像便便,每次都一样又不太一样;爱情就像便便,有时努力了很久却只是个屁!

前途光明我看不见,道路曲折我走不完。

易拉罐拉环爱着易拉罐,可易拉罐心里装着可乐!

我们小时候最傻最搞笑的一些想法

★ 夏天，电一跳闸，或是突然灯一暗（那时用的全是白炽灯）大人就说又有人偷电了。我一直在想这电是怎么偷的，大人也不说，后来自己总结出肯定是拿个包或盆之类的东西到电线杆子下去偷。

★ 小时候看电视，有坏人强奸了美女，就会按到床上，然后电视镜头就切换了，我纳闷了很长时间，坏人到底对美女做了什么，后来和其他小朋友讨论，大家一致认为是将美女痛扁了一顿。

★ 我小时候一直认为人口普查是站到飞机上面数人。

⭐ 动画片《黑猫警长》的片尾，它的枪口打出4个字：请看下集。每当这时我就乖乖地等着看下集了，电视就开始播别的节目了，当时怎么都不明白怎么又骗我？

⭐ 小时侯，妈妈告诉我黑白花的牛就是奶牛。一日，见一斑点狗，我脱口就喊："奶狗！"

⭐ 小时候我家的鸡和鸭子是关在一个屋子的。每到第二天早上，我奶奶都能从那屋子里拿出好多蛋，所以我一直以为鸡是女的，鸭子是男的。

⭐ 给人打电话占线的时候，电话机里总是说，您拨的电话正在通话中，我总以为说的是"宁波的电话正在通话"，心想我没有打到宁波啊！

⭐ 小时候认为风是树带来的，冬天的时候就想把树全部给砍掉，可是想想夏天就只能忍了。

⭐ 总是听广播里说"报纸摘药（要）节目"开始了，一直想不通报

纸上怎么会长药呢?

我是沈阳的,小时候家里没有暖气,冬天的时候就烧火墙。早晨炉子刚刚点着,屋子里还很冷,我就不爱起床。爸爸从外面进屋说:"今天的天气特别冷,满马路都是耳朵!"因为我知道天气特别冷的时候,人的耳朵露在外面就冻硬了,一扒拉就掉下来。我急急忙忙地起来,穿好衣服跑到马路上看的时候,发现什么也没有了。当时还暗暗后悔起来晚了。

小时候看电视剧,当然剧情看不懂,可我就认为都是演员现场在演出的,也就是说我一直以为电视剧是现场直播;后来我发现一部电视剧刚在这个台演完,那个台又播出了,我就认为演员又跑到那个台去演出了;我就拼命地找纰漏,想看看有没有演得不一样的地方,结果没有,那些演员演得真好!

小时候没上过音乐课,有一次在玩沙子的时候突然想起来,音乐才七个数,那拼来拼去的能拼出几首歌来,可怜人类的音乐,原来这么容易就会终结。

YUANLAIXIAOYEKEYI ZHEMECHEDIA

尴尬糗事，想起来就脸红

大雨倾盆，我急忙打车回宾馆，下车后发现手机没了，也不顾大雨了，狂奔着追出租车并大喊："师傅，停车……"

跑出去一百多米后，发现自己左手握着手机……

但是，司机师傅已经停下车问我："怎么了？"

于是，我站在大雨中急中生智对师傅喊："雨大，您慢点儿开车啊！"

早上在电梯里遇到老总，两个人有些尴尬。

老总就问了句："你坐公交车上班吧？"

我回答："不用，我就住公司附近，走路10分钟就到了。"

老总又问："那房租很贵吧？"

我回："还好，因为我一工作就租这儿了，所以房东一直没给我

涨过'工资'……"

瞬间两人石化……

有一次,我坐在妹妹车子上,小外甥坐我旁边。我看见他咬手指头,便打他的小手,以示警诫。

几天后,我再乘坐妹妹的车子,发现小外甥又打算咬手指头。

他看见我瞄他,犹豫了一会儿,然后把手指头伸过来,对我一脸讨好地说:"舅舅,你要吃吗?"

去曲阜孔庙旅游的时候,看到一个妈妈指着殿里的孔子像对儿子说:"这是孔老夫子,能保佑你考上大学的,快去拜拜。"

然后小男孩一本正经地走到跟前,跟孔子像挥了挥手说了一声:"拜拜。"

我仿佛看到孔子都尴尬地笑了。

一对情侣在公园里接吻,旁边一小孩一直看一直看,然后这男的说:"小朋友我给你一元钱去买东西吃,别看了好吗?"

这孩子随手从兜里拿出一元钱说:"我给你一元钱,你再让我待一会儿,我妈让我等她回来。"

昨天打完球,去澡堂洗澡搓背,师傅技艺好,搓得各种爽。爽到屁意来袭,没控制住……

正准备跟师傅道歉,师傅照我屁股给了一巴掌,说道:"小伙子,有意见可以提,但是使用生化武器就不对了,必须予以打击……"

昨天晚上,我拿着彩票看双色球开奖。摇出前五个时全对上了,正要出第六个突然停电了。我一激动把茶几踹碎了。

今早到彩票站一看,我中了200元。

默默地去家具城买个茶几,花了350元。

寝室有一宅妹子晚上忘了吃饭,第二天才想起来,一胖妞说:"我也有过,不过是吃了之后忘记了,结果又吃了一顿。"